CB077400

# PALAVRA DE GRINGO

UM OLHAR ESTRANGEIRO SOBRE O BRASIL

**LÍNGUA GERAL**

**Direção**
Fátima Otero

**Codireção**
Júlia Otero

**Editor**
Hugo Gonçalves

**Assistente editorial**
Rebeca Fuks

**Administração**
Lysa Reis

**Assistente de Administração**
Paulo Roberto

**Comercial**
Eliane Santos

**DESIGN**
Maria Lago

**ILUSTRAÇÕES**
Rita Wainer

**AUTORES**
Jenny Barchfield
Philipp Lichterbeck
João Almeida Moreira
Lamia Oualalou
Santiago Alberto Farrell
Verónica Goyzueta
Tom Phillips
Waldheim García Montoya
Henrik Brandão Jönsson
Julia Michaels

**TRADUTORES**
Hugo Gonçalves (inglês/espanhol)
Kristina Michahelles (alemão)
Viviane Moura (francês)
Santiago Farell (espanhol)
Jaime Bernardes (sueco)

---

CIP-BRASIL. CATALOGAÇÃO-NA-FONTE
SINDICATO NACIONAL DOS EDITORES DE LIVROS, RJ

P181

Palavra de gringo / organização Hugo Gonçalves ; ilustração Rita Wainer ;
tradução Hugo Gonçalves ... [et al.]. - 1. ed. - Rio de Janeiro : Língua Geral, 2014.
    154 p. : il. ; 24 cm.

   Tradução de: palavra de gringo
   ISBN 978-85-60160-96-9

   1. Crônicas I. Gonçalves, Hugo. II. Wainer, Rita. III. Título.

14-16676                       CDD: 800
                               CDU: 821

07/10/2014     08/10/2014

# PALAVRA DE GRINGO

UM OLHAR ESTRANGEIRO SOBRE O BRASIL

patrocínio

RIO PREFEITURA CULTURA

TGMC
Terminal Garagem Menezes Côrtes S.A.

realização

língua geral

BRASIL, O PAÍS DO PRESENTE (APRESENTAÇÃO)     7
Hugo Gonçalves

O DIREITO À BELEZA     11
Jenny Barchfield, Estados Unidos

MULHER, PRETA, BRASILEIRA:     23
A IMPROVÁVEL, MAS VERDADEIRA, HISTÓRIA DA MARIANA O.
Phillip Lichterbeck, Alemanha

EU FUI AO FUTEBOL E VI O BRASIL     35
João Almeida Moreira, Portugal

JESUS TE AMA     51
Lamia Oualalou, Marrocos

O HERMANO CANDANGO     67
Santiago Alberto Farrell, Argentina

O BRASIL NÃO ESTÁ DE COSTAS, APENAS MEIO DESLIGADO     77
Verónica Goyzueta, Peru

FÉRIAS NA COREIA     91
Tom Phillips, Inglaterra

O DNA DO POVO BRASILEIRO     107
Waldheim García Montoya, Colombia

BRAZILIAN BLUES     119
Henrik Brandão Jönsson, Suécia

EMPREGADAS E OUTROS TRABALHADORES DOMÉSTICOS:     137
CONFISSÕES DE UMA GRINGA, REPÓRTER E DONDOCA
Julia Michaels, Estados Unidos

BIOGRAFIA DOS AUTORES     152

Hugo Gonçalves
**EDITOR E CORRESPONDENTE**

# BRASIL, O PAÍS DO PRESENTE

Quando mudei de Lisboa para o Rio de Janeiro, amigos cariocas, preocupados com o meu deslumbramento pela cidade, avisaram-me: "Morar no Rio não é o mesmo que estar de férias no Rio." Pareceu-me uma informação desnecessária, afinal, eu tinha sido correspondente em vários países, sabia que a diferença entre a realidade do cotidiano e a enfatuação das férias se aplica a todos os lugares – o Rio não seria diferente. No entanto, devia ter sido menos seguro nas minhas convicções. É que, mesmo tendo morado e escrito sobre Nova York ou Madri, metrópoles grandes e diversas, mesmo falando a mesma língua e partilhando alguns traços culturais dos brasileiros, a verdade é que entender o Rio – ou, ainda mais difícil, compreender a vastidão, a complexidade e o caráter excessivo do Brasil – não é uma tarefa para se enfrentar levianamente ou com certezas adquiridas.

Um correspondente não cobre o Brasil – nem mesmo os jornais brasileiros conseguem cobrir a totalidade do país. A maioria dos repórteres estrangeiros está no Rio, São Paulo e Brasília, e grande parte do seu trabalho se concentra nessas cidades. O correspondente cobre a atualidade, mas também procura aquilo que possa interessar aos seus compatriotas – as diferenças culturais, as curiosidades antropológicas, as histórias particulares que ilustram uma temática geral. O correspondente tem que saber – e que conseguir explicar – o que é a Lei de Gérson, "levar um bolo" ou o que faz um "flanelinha". Ele é, sobretudo, um observador e um contador de histórias. Tenta perceber e decodificar antes de contar. O seu olhar estrangeiro, mais fresco e menos rodado, permite ver aquilo que passa despercebido a quem sempre viveu aqui. Por isso, não é de se estranhar que os correspondentes escrevam apaixonadamente sobre aspectos tão comuns da vivência brasileira: as filas, as vans, os ascensoristas, as academias ou os cartórios, coisas que, apesar de mundanas para um nativo, intrigam quem vem de fora e revelam um pouco do jeito de ser brasileiro.

Porém, o correspondente não é apenas um anotador dos tiques, códigos e manias de um povo. No Rio de Janeiro, onde grande parte do território (perigoso) e da população (pobre) não recebe a cobertura jornalística dos meios de comunicação nacionais, os correspondentes adentram zonas que não aparecem no radar midiático e ouvem quem não costuma ter voz.

Um dia, conversando com amigos cariocas sobre as minhas reportagens numa favela pacificada da Zona Sul, notei a desconfiança que costuma suscitar o voyeurismo de alguns gringos – muitos fazem, de fato, excursões pelos morros como quem circula pela Disney num carrinho de golfe.

Disse aos meus amigos que o meu interesse era tão estranho para eles como para mim era inusitado que todos eles, habitantes da Zona Sul, que haviam passado a vida admirando aquele morro da praia – um pedaço da cidade ali tão perto – nunca tivessem entrado lá ou, pelo menos agora, que a favela estava pacificada, mostrassem interesse em conhecer o que antes era inacessível.

Eu sabia as razões dessa desconfiança e separação, já estava familiarizado com a cidade partida do morro e do asfalto, porém, não me conformava com a ideia de haver bocados do Rio inacessíveis aos cidadãos e ao próprio Estado. Durante essa mesma conversa, também ouvi uma frase sincera, de uma carioca, em forma de desabafo – "Você não cresceu com medo de ser sequestrado" – e escutei a referência a um chefe da polícia que, nos anos de maior número de raptos no Rio, confessou: "O problema dos sequestros acaba quando a policia deixar de sequestrar." O Brasil é espantoso, surpreendente e por vezes perverso – a polícia, que deveria proteger, é mais uma ameaça.

Como em tantas outras reportagens e conversas, tornou-se então evidente que a realidade brasileira é intrincada, cheia de nós, multifacetada; nem sempre o que parece é, um problema nunca tem uma única causa ou sequer uma solução óbvia, e talvez por isso a imagem do Brasil, no exterior, fique apenas pela superfície, uma mistura de propaganda turística e sensacionalismo midiático – praias, bundas, festa, mulatas, carnaval, sexo, futebol e traficantes disparando metralhadoras para o ar. Contudo, porque os correspondentes moram aqui, porque conhecem os problemas, os perpetradores e as vítimas, e já pegaram ônibus superlotados, amargaram num hospital público e se exasperaram com os labirintos burocráticos, podem ser fiéis narradores da vida neste país, desativando clichês e indo mais além do cartão-postal de Copacabana.

Pela sua exuberância, singularidade e sensualidade, o Brasil sempre foi um território magnético para exploradores e aventureiros. Da Carta de Pero Vaz de Caminha aos escritos de Stefan Zweig, passando pelos textos de Elizabeth Bishop, os desenhos de Le Corbusier ou as bobinas de película filmadas por Orson Welles, foi-se construindo uma imagem poeticamente tropical, por vezes mística, por vezes implacável, ora doce, ora cruel, mas quase sempre arrebatada.

No entanto, nunca, como agora, tantos estrangeiros escreveram e se interessaram pelo Brasil, nunca o país esteve tão exposto no espaço midiático global. Além disso, uma recente vaga de imigração da Europa, bem como a crescente presença de sul e norte-americanos (fenômenos instigados pelo crescimento econômico do país), também contribuem para a sensação de que o Brasil tem agora mais contato com o resto do mundo – e que o mundo se interessa mais pelo gigante sul-americano.

Mesmo a palavra gringo, antes pejorativa e reveladora de alguma desconfiança, é hoje comumente usada (nos jornais e televisão) sem um intuito depreciativo. Cada vez mais, o gringo também faz parte do Brasil.

Talvez não seja por acaso que, neste livro, vários correspondentes mencionam a obra de um gringo: "Brasil, o país do futuro", de Stefan Zweig, publicada em 1943. A história e as reflexões de um estrangeiro em fuga da Europa (mais precisamente da barbárie de Hitler), que busca entender o novo mundo e tem esperança numa nova forma de civilização, reverberam ainda nos leitores de Zweig que conhecem bem o Brasil. Mesmo passados 70 anos, o escritor austríaco parece personificar a experiência do estrangeiro, o percurso que vai do encanto assoberbado à dor profunda – esse constante equilíbrio na corda bamba, o fascínio e a indignação, a paixão e a revolta, a esperança e a frustração, a luta, a desistência, e outra vez a luta.

Os textos deste livro – "Palavra de Gringo" – não vaticinam o futuro do Brasil. Tampouco pretendem ser um documento capaz de condensar a totalidade do espírito dos nossos tempos. Mas, recuperando o olhar inquisitivo dos exploradores de outros séculos, dez correspondentes estrangeiros (e uma ilustradora brasileira) aceitaram refletir e contar as suas histórias sobre o Brasil, e o resultado é uma espécie de caderno de notas e desenhos do aventureiro moderno, aquele que trocou o mistério da vida na selva pelo mistério da vida nas grandes metrópoles brasileiras.

Um dos correspondentes, que escreve neste livro, disse-me que tinha vindo para o Brasil porque no seu país não acontecia nada – e aqui acontecia tudo. Pareceu-me que a frase era metade felicidade e metade cansaço, como se no Brasil acontecessem coisas demais.

Algo é inquestionável: entrem na redação de um jornal em qualquer país do mundo e perguntem se há candidatos ao posto de correspondente no Brasil. Muitíssimos braços se levantarão. E isso, por si só, diz muito sobre este país.

Rio de Janeiro, outubro de 2014

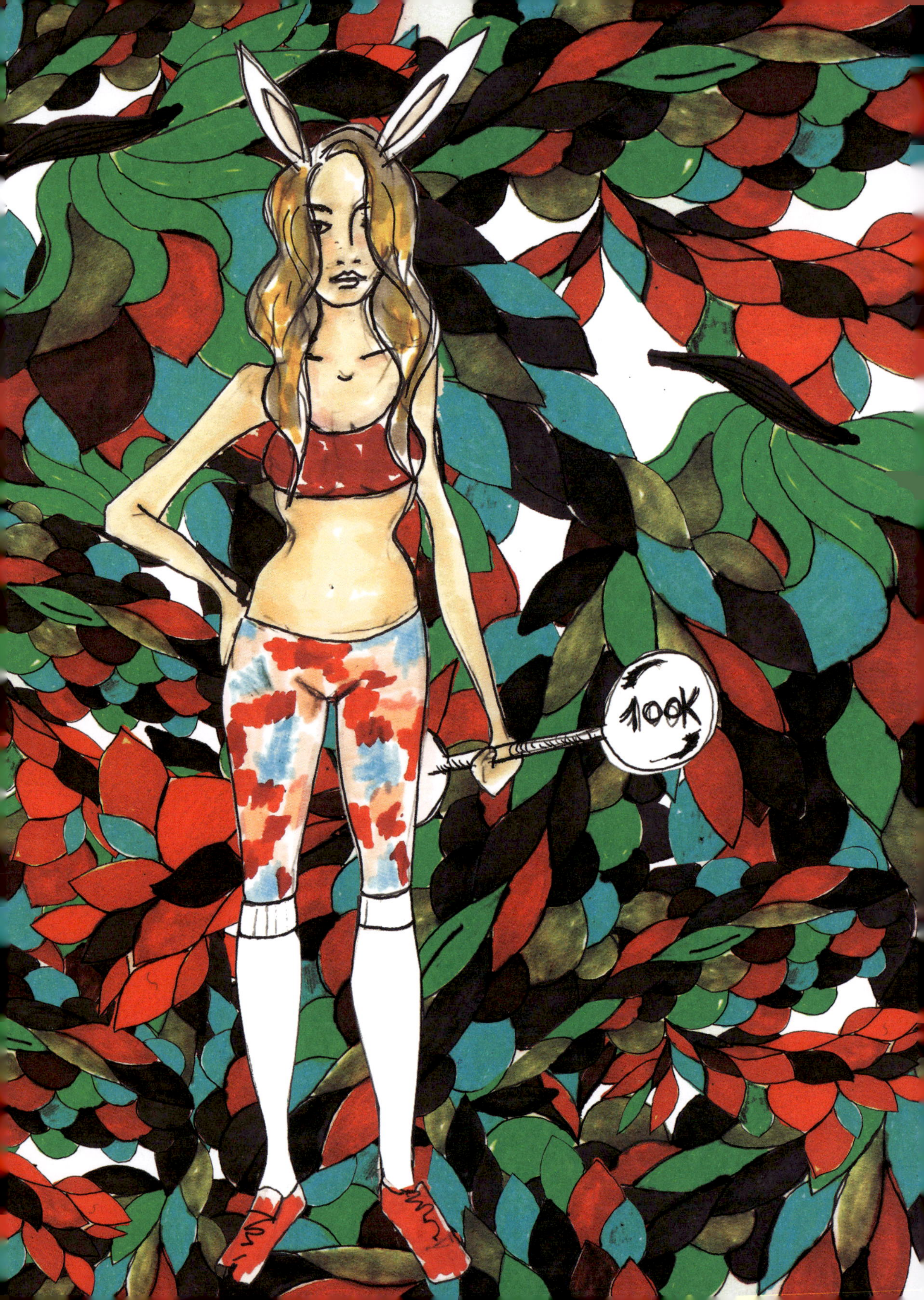
100K

Jenny Barchfield

ESTADOS UNIDOS

# O DIREITO À BELEZA

Aquilo que me deixou mais desconcertada quando cheguei ao Brasil, depois de alguns anos em Paris, foram as meias. Não conseguia perceber a razão daquelas meias de esqui, até o joelho, que as coelhinhas da academia combinavam com impecáveis macacões elásticos e gritantemente coloridos. Quando se faz um esforço para coordenar a roupa de ginástica com a viseira, a garrafa de água e os tênis, por que, pensava eu, estragar o visual com aquelas meias abomináveis?

Evidentemente, este não devia ser o principal objeto da obsessão de uma correspondente recém-chegada ao Rio. Outros assuntos mais urgentes e importantes, como a endêmica violência policial, a desigualdade de renda entre brasileiros ou as expropriações resultantes da organização dos megaeventos, deveriam ser o foco da minha atenção.

Mas eu não conseguia evitar as malditas meias. Elas me perseguiam – eram ubíquas e inescapáveis. Não podia descer à rua e beber um suco de manga ou entrar no supermercado Zona Sul para comprar comida de gato sem cruzar com um interminável desfile de mulheres, a caminho ou na volta da academia, todas com as obrigatórias meias, apesar do calor liquidificante do pico do verão.

Em retrospetiva, suspeito que essa obsessão por meias possa ter nascido do profundo sentimento de desconforto que elas provocavam em mim. Depois de quase uma década na França, correndo diligentemente dez quilômetros todo dia, enfrentando a garoa persistente, o frio de rachar e até a ocasional tempestade de granizo, só precisei de uma malfadada tarde em Ipanema para que a minha carreira de corredora fosse interrompida inesperada e vergonhosamente.

Era janeiro e eu tinha acabado de chegar ao Rio. Pensei em fintar o bafo do verão correndo apenas ao pôr do sol. Peguei um par de meias curtas, de algodão, amarrei os cadarços do tênis Mizuno e disparei pela ciclovia do calçadão, do Arpoador até o Leblon – os raios do sol descendente, todavia poderosos, batiam diretamente na minha cara. Cinco minutos de corrida e fiquei com a cara e o pescoço em brasa. Quinze minutos: estava tão encharcada de suor que meu tênis pareciam piscinas. Vinte e cinco minutos: ocorreu-me que talvez estivesse morrendo.

Tombei na calçada com os olhos esbugalhados, pateticamente tentando sugar oxigênio. Sentada ali, bamba como uma boneca de trapo em meio aos cariocas fanáticos da boa forma, percebi que os meus olhos estavam à altura das panturrilhas dos corredores. Quase todas as pernas que deslizavam diante de mim – os calcanhares trotando airosamente – se encontravam cingidas no casulo térmico das meias. Eu, porém, estava usando minhas meias curtas, abaixo do tornozelo. Se estivesse com meias até o joelho, estou segura que teria finado ali mesmo, no calçadão – o meu corpo, antes lívido, agora vermelhão, contrastando estilizadamente com o preto e branco da pedra portuguesa.

Uma investigação dedicada iria, por fim, revelar o método por trás da loucura das cariocas: as meias protegem as panturrilhas de se machucarem e ficarem com hematomas durante as sequências de exercícios para as pernas. O que, só por si, exigia a pergunta: por que motivo as brasileiras estavam trabalhando tanto as pernas?

Como bonecas russas, umas dentro das outras, as respostas para este enigma eram tão estranhas como o uso das próprias meias que preveniam contusões. Os intensos exercícios para as pernas – vim a descobrir – pretendiam conseguir pernas musculosamente infladas e bundas maiores que a vida.

Como se a bunda fosse Helena de Tróia, os brasileiros já lançaram mil barcos em seu resgate – além de lançarem (e estamparem) infindáveis bundas safadas em camisetas, canecas e postais.

Tendo em conta a importância da bunda na diversificada parafernália para turistas, parece que, além do Pão de Açúcar, o símbolo brasileiro mais reconhecido internacionalmente será um bumbum redondo e cintilante de óleo bronzeador, completamente despido se não fosse pelo mais estreito dos fios dentais.

Mas "o maior ativo do Brasil" – como poderia sugerir o trocadilho maroto num desses postais com bundas – agora é outro, e com isso mudou também o cânone de beleza feminina.

Para trás ficaram as garotas de Ipanema de gerações passadas, substituídas por fisioculturistas com coxas tão musculosas como as de um jogador de futebol e bundas dilatadas como melancias.

A reputação do Brasil como o lugar especial da beleza feminina pode até ter sido construída com as supermodelos brasileiras, mas agora as "mulheres fruta" parecem ter substituído Gisele Bündchen ou Isabeli Fontana – e são o novo e desejado padrão de perfeição feminina. Estavam explicadas as meias até o joelho, os exercícios para as pernas e, por vezes, o recurso a métodos mais extremos para conseguir massa muscular – desde injeções de testosterona até cirurgia plástica.

As meias me puxaram, magnéticas, para uma dimensão paralela – o estranho mundo da beleza no Brasil, tão onipresente quanto as próprias meias. Não podia folhear uma revista de fofoca sem descobrir o volume exato dos implantes mamários das celebridades (por norma, 250 ml por seio) ou dos implantes de bunda (300 ml por nádega); um dia, quando almoçava no Delírio Tropical, quem se sentou ao meu lado se não uma mãe de meia-idade e sua filha universitária, ambas se recuperando de rinoplastias, os curativos segurando seus narizes e dois olhos roxos para cada uma?

PARA TRÁS FICARAM AS GAROTAS DE IPANEMA, SUBSTITUÍDAS POR FISICULTURISTAS COM COXAS TÃO MUSCULOSAS COMO AS DE UM JOGADOR DE FUTEBOL

O tema assomava até na minha vida pessoal. Quando saí, pela primeira vez, com um homem brasileiro após ter chegado ao Rio, o encontro teve direito à habitual conversa sobre os pais e o que eles fazem na vida. Achei divertido, mas, de alguma forma, nada supreendente, que o seu pai fosse um cirurgião plástico conhecido, especialista em delicadas operações nos olhos.

"Meu pai deixou de fazer peitos e bundas", garantiu.

Vim para o Brasil depois de Paris, onde trabalhei como correspondente de moda e cultura, fazendo a crítica dos desfiles de alta-costura e *prêt-à-porter* ou a cobertura do Festival de Cinema de Cannes. Costumava passar muito tempo com pessoas que valorizam bastante a aparência. Interagia regularmente com aqueles cujos cremes faciais custam mais por grama do que platina, que usam esfoliantes com pérolas moídas e grãos de ouro de 22 quilates, e que, literalmente, não poderiam viver sem seu banho semanal de vinho tinto.

Julgava, por isso, entender os obcecados pela imagem.

Mas depois me mudei para o Brasil.

Em Paris, quem toma banhos de vinho e investe em hidratante com pó de pérolas procura um resultado: que a imagem final não demonstre o esforço ou o dinheiro dispendidos.

Em França, tal como é considerado de mau gosto falar de dinheiro diante de convidados, também se desdenha tudo o que seja forçado na aparência de uma pessoa. Daí a aversão nacional dos franceses às academias – e até, em certos círculos, às escovas de cabelo. É suposto rolarmos para fora da cama, esguias e elegantes, despreocupadamente penteadas, unhas impecáveis, pele hidratada e um cigarro pendente dos lábios vermelhíssimos.

Na França, a beleza é um estado de graça. Você nasce com ela ou não. No último caso, o máximo que você pode aspirar é ser considerada "charmosa" por usar um vestido chique, uma atitude destemida e, na boca, o arrojo de um batom.

O Brasil é o extremo oposto. Aqui, quanto mais esforço colocarmos na aparência, melhor. Por isso, a inevitável associação dessas dolorosas intervenções estéticas ao Brasil – da depilação íntima ao alisamento japonês de cabelo e ao *Brazilian Butt Lift*, um plano de treinamento anunciado como o segredo das supermodelos para conseguirem uma bunda perfeita.

*Não podia folhear uma revista de fofoca sem descobrir o volume exato dos implantes mamários das celebridades ou dos implantes de bunda.*

Aqui, a beleza não é dada por Deus, mas sim conquistada, com suor, tempo, dinheiro e intervenções e tratamentos aflitivos. A beleza é uma montanha a escalar – cada degrau um martírio –, é o cume ventoso onde as mais dedicadas espetam sua bandeira.

No Brasil se diz que as mulheres não envelhecem, ficam loiras. Mais além dessa preocupação geriátrica, o cabelo é, de fato, uma obsessão das brasileiras durante toda a vida – e um aspirador de dinheiro. Podemos nos sentir tentados a perguntar por que, numa nação abençoada com jubas exuberantes de caracóis irrepreensíveis, o cálice sagrado continua sendo o cabelo muito liso, preferencialmente loiro. É algo que desafia a razão. No entanto, também é algo muito arraigado na cultura brasileira. Claro que nós, estrangeiros, achamos que o endeusamento do liso cheira a racismo. Mas é uma prática tão enraizada que qualquer pergunta abertamente relacionada com questões de raça parece perder a pertinência – pelo menos é isso que dizem as negras e pardas esperando na fila para fazer suas escovas progressivas. Os alisamentos de cabelo fazem parte das incumbências das mulheres brasileiras, tal como a depilação íntima. Ponto final.

No que concerne à higiene, a França tem péssima reputação. E embora a frequência com que os franceses tomam banho nunca tenha me parecido especialmente escassa, em qualquer país estrangeiro a revelação de que eu morava em Paris nunca deixava de provocar comentários maliciosos sobre a alegada aversão dos franceses ao sabonete. Obviamente, o estereótipo remete à Idade Média, quando o sabonete era um luxo raro. No entanto, o francês medieval era inquestionavelmente tão limpo – ou, para sermos mais precisos, tão sujo – como qualquer um dos seus contemporâneos europeus, e, ainda assim, hoje ninguém diz que os espanhóis ou os holandeses fedem.

Em nenhum outro lugar o mito da sujeira dos franceses é tão forte como no Brasil, onde a norma geral é "Por que tomar uma ducha se eu posso tomar cinco?".

Diz-se que o apego dos brasileiros aos banhos é uma herança dos índios, que tomavam muito banho de rio. Mas eu diria que é um vestígio da experiência colonial, quando as cortesãs chegadas de Lisboa, procurando reinventar-se como damas no Novo Mundo, decidiram usar todos os acessórios e adornos – perucas, espartilhos, saiotes – que eram particularmente inadequados para o calor dos trópicos. Você consegue imaginar o cheiro daquelas aspirantes a aristocratas, no final do verão, debaixo de tantas camadas sufocantes de roupa? Depois de ter atravessado três verões cariocas – dois deles sem ar-condicionado –, defendo afincadamente a minha teoria do trauma olfativo (e coletivo) que perdura no Brasil desde os dias coloniais e que é responsável por tantos banhos diários.

Correndo o risco de reforçar os estereótipos culturais, admito que ficava supreendida quando, de manhã, a diarista chegava na minha casa toda maquiada depois de uma viagem de horas que incluía vários ônibus e um trem – o seu perfume floral espalhava-se pela casa à sua passagem. Em seguida, ela desaparecia no banheiro, onde tomava uma ducha, para emergir, pronta para o trabalho, vestindo sua bata com flores. No início da tarde, o processo era repetido, mas inversamente, e ela surgia resplandecente e bem cheirosa, após seu banho da tarde, pronta para enfrentar os castigadores transportes públicos cariocas no regresso para casa. Na França, a única coisa que a minha empregada fazia na banheira era esfregá-la.

No Rio, a praia é o lugar aonde vão aqueles que conquistaram a beleza e que querem ser vistos. Mas uma das coisas maravilhosas do Brasil é que a praia também é o lugar aonde vão aqueles que ainda não a conquistaram, usando biquínis iguais, em tamanho, àqueles usados pelas suas compatriotas saradas, os minúsculos triângulos de tecido elástico postos à prova pelas desafiantes (e difíceis de esconder) pregas de gordura. (Já mencionei quão disparatada a intolerância do Brasil com o *topless* parece aos gringos, tendo em conta a quantidade de pele revelada na praia? Nota: arquivar este enigma em "Imponderáveis brasileiros").

Durante os primeiros meses no Brasil, passei um tempo considerável na praia. Designava esses dias longos e voluptuosos como "investigação e pesquisa", e, de fato, examinando as pessoas, cheguei a conclusões interessantes ou, pelo menos, a observações que julgo incisivas.

Ipanema, no pico do verão, é uma cacofonia sensorial, mas há algumas coisas que, para o observador estrangeiro, saltam à vista imediatamente. Há bundas, claro, e coxas-tronco-de-árvore, mas também há tatuagens e cicatrizes (outra indagação tenaz revelou que, habitualmente, essas marcas são o resultado de cesarianas realizadas em hospitais públicos).

Se a moda da hipertrofia das pernas sugere a masculinização da mulher brasileira, a constante presença de tatuagens evoca exatamente o oposto. Enquanto os homens estão cobertos de desenhos ferozes e decididamente masculinos – tribais, caracteres chineses, patas de animais –, as mulheres preferem, invariavelmente, desenhos femininos – corações, uma chuva de estrelas, libélulas ou (a minha favorita) enormes fadas Sininho. Com todo respeito, estas seriam as escolhas de uma garota de sete anos que quer pintar o seu quarto de cor-de-rosa e exige um pônei como presente de aniversário.

Estas tatuagens parecem ter um propósito que as une: infantilizar as mulheres que as fizeram, atribuindo-lhes o ar jovem e indefeso de quem precisa desesperadamente de atenção e proteção masculina apesar das coxas poderosas.

É estranho este balançar brasileiro entre a potência das mulheres e a fragilidade feminina, sendo ainda mais bizarro se tivermos em conta os métodos radicais usados pelas mulheres para conseguir massa muscular. Parece que as injeções de testosterona que, além de criarem músculo, oferecem um bônus extra – combatem a celulite –, são o preço a pagar pelos resultados – ainda que o uso regular deste hormônio provoque a saliência do pomo de Adão, o alargamento da mandíbula, barbichas inoportunas e clitóris em crescimento que podem quadruplicar seu tamanho (sem que, sublinham os médicos, haja um aumento proporcional do prazer, uma vez que a expansão provoca danos nos nervos).

Enquanto o resto do mundo cobiça Candice Swanepoel, a galgaz modelo sul-africana, e a sua barriga negativa, muitas mulheres brasileiras arriscam a desfiguração genital a fim de conseguirem coxas dignas de um cavalo de corrida. (Numa entrevista, um *personal trainer*, em São Paulo, descreveu o seu ideal de beleza feminina e parecia o resultado da experiência de um doutor

Frankenstein descontente – e com 12 anos –, equipado com um maçarico, uma Barbie e um boneco G.I. Joe: "Feminina e elegante da cintura para cima, músculo sólido do quadril para baixo"). O que isto diz sobre a mulher brasileira ou, talvez mais precisamente, sobre o homem brasileiro?

O que nos traz ao conceito de "direito à beleza" – uma concepção profundamente brasileira. Trata-se de uma ideia pioneira do supercirurgião plástico Ivo Pitanguy: um físico atraente tem tanta importância nas interações sociais que é quase tão essencial à vida humana como comida, água e abrigo.

Julgo poder falar pelos gringos quando digo que nada disto faz sentido. Afinal, como pode algo tão subjetivo como a beleza, que reside apenas nos olhos de quem a vê, ser um direito essencial dos humanos?

Vejamos o conceito através das lentes da rígida e estática estrutura social brasileira e poderemos entender como uma noção aparentemente descabida tem, afinal, seus pés bem assentados na terra. Neste país, onde a deprimente educação pública condena os filhos dos pobres a serem pobres para sempre, o apuramento estético é uma das escassas ferramentas para se ascender socialmente. Para as mulheres e garotas no fundo da escada social, a aparência é uma das poucas formas de subir alguns degraus.

Para uma reportagem sobre a vida dupla dos passistas, entrevistei uma jovem que trabalhava como supervisora num *call center* e passava as noites ensaiando na escola de samba São Clemente, na Zona Norte. Nos meses que antecederam o Carnaval, ela corria do seu emprego para os ensaios noturnos que se prolongavam até a madrugada – dormia apenas umas insuficientes horas de sono, se tanto.

O que, contudo, me impressionou mais do que sua energia, foi a rotina a que ela se submetia para se arrumar – uma mulher que, mesmo de calça de poliéster e óculos com armação de plástico, era uma deusa.

PASSAVA MUITO TEMPO COM PESSOAS QUE VALORIZAM BASTANTE A APARÊNCIA. JULGAVA, POR ISSO, ENTENDER OS OBCECADOS PELA IMAGEM. MAS DEPOIS ME MUDEI PARA O BRASIL

Havia as visitas ao cabeleireiro, as mistelas tóxicas para domar a juba de caracóis, transformando-a numa cortina de cabelo liso e lustroso. Havia as penosas depilações e as sessões de *laser* para remover todos os pelos rebeldes abaixo dos cílios; manicures e pedicures; sessões na academia com as obrigatórias meias até o joelho.

Tudo junto, dizia a passista com vinte e poucos anos, ela gastava um terço da sua renda em produtos e serviços de beleza. Trinta por cento! Na França, a regra é diferente – você gasta um terço do seu salário em aluguel, e nem um centavo a mais. Muitas brasileiras, como a passista da São Clemente, são responsáveis pelo aumento nas vendas de xampus alisantes, condicionadores fortificantes, manteigas para o corpo e esmalte para as unhas – o que explica o terceiro lugar na lista de países que mais gasta em produtos de beleza, atrás de Estados Unidos e Japão, nações desenvolvidas com um PIB *per capita* muito maior que o brasileiro. A última década, em que os mais pobres dos pobres conseguiram melhorar a qualidade de vida, ajudou a disseminar esta tendência, arrancando o Brasil – antes dominado por marcas locais e desconhecidas – da terceira divisão da indústria de beleza, e colocando-o no topo da lista das colossais empresas estrangeiras que procuram sua fatia deste bolo lucrativo.

Não são apenas as mulheres das classes baixas que têm na sua aparência um ganha-pão. As mulheres ricas também cuidam do seu visual com a dedicação que um criador de orquídeas entrega aos seus exemplares premiados. Claro que este fenômeno não é exclusivo do Brasil. A beleza é importante na conquista de um pretendente em sociedades de todo mundo. Mas o que distingue o Brasil – pelo menos relativamente aos Estados Unidos e à Europa – é que aqui a beleza e a sua manutenção esforçada são vitais para conservar um companheiro. Na Europa, este fato inexorável da natureza e da biologia é comumente aceito: ao fim de vários anos de casamento as mulheres não vão parecer tão bonitas fisicamente como quando eram noivas radiantes, em particular, depois de terem filhos. No Brasil, o pensamento é outro: "Por que diabos uma mulher não pode parecer tão bonita aos 50 como aos 20?"

Mal vistas na França e em todo o norte da Europa, as cesarianas são uma obsessão no Brasil, onde já representam metade dos partos – nove em dez nas clínicas privadas. O sucesso das cesarianas vai além da conveniência – escolha uma data! – e da redução considerável da dor. É que as cesarianas dão direito a certos benefícios, como abdominoplastias e/ou lipoaspirações pós-parto. Ou seja, semanas após o nascimento do segundo ou terceiro filho, não há razão para não vestir o biquíni e se sentir confiante.

Nas clínicas mais chiques, os serviços pós-parto incluem, além da cirurgia estética, cabeleireiro, maquiagem e manicure para que as mães se pareçam com estrelas de novela – o pacote inclui ainda fotógrafos profissionais e o seu equipamento de luz (por vezes, até cenografistas), bem como empresas de bufê que, no quarto do hospital, servem petiscos aos visitantes.

Sei de muitas mulheres casadas no Brasil que, anos após terem subido ao altar, trabalham mais arduamente para parecerem bonitas do que futuras noivas em muitos outros países. Misturando uma pitada de intuição com um pedaço de extrapolação – resultante da minha experiência pessoal – suspeito que o motivo para tudo isso tem algo a ver com a forma pacífica como os brasileiros aceitam as relações entre homens mais velhos (por vezes décadas) e mulheres mais novas.

Aprendi da maneira mais difícil: não é incomum que homens mais velhos procurem mulheres com metade da sua idade. Novamente, este fenômeno não é exclusivo do Brasil, mas a diferença é que, na maioria dos outros lugares do mundo, uma jovem universitária que entra num restaurante de mãos dadas com um sexagenário provocará, pelo menos, um punhado de olhares incrédulos, risinhos sacanas e sobrancelhas desaprovadoras. No Brasil, por sua vez, os pares que muita gente consideraria como pai e filha, mas que, de fato, são um casal, passam mais despercebidos.

Tudo isto significa que as mulheres brasileiras casadas têm que estar sempre olhando por cima do ombro, sob o risco de, sem cerimônias, serem trocadas por um novo modelo – mais em forma e mais bonita. Neste contexto, deter o processo de envelhecimento físico torna-se um ingrediente essencial para manter casamentos duradouros. Todos os meios para alcançar uma aparência jovem são válidos – não importa que sejam radicais ou extremamente caros.

E quanto mais radicais e caros melhor. No Brasil, a cirurgia plástica desfez a aura de vergonha que ainda tece em muitas outras culturas, e virou uma ferramenta para aparentar riqueza e influência – o derradeiro símbolo de *status*.

Tal como a elite de mulheres brasileiras ultraricas, que pode viajar para Paris e comprar vorazmente nas lojas de marcas de luxo, mas prefere pagar três ou quatro vezes mais, no Brasil, por uma peça Balenciaga ou Balmain, também as *socialites*, atrizes e modelos estão dispostas a falar alegre e amplamente das várias intervenções cirúrgicas que fizeram – mesmo, ou com particular empenho, a jornalistas.

A obsessão é tão grande que o Brasil destronou os Estados Unidos no ranking dos países que mais recorrem à cirúrgia estética. Nesta cultura, em que a cirúrgia se tornou uma espécie de direito de nascença, não é incomum os pais oferecerem um novo nariz, bunda ou par de peitos às suas queridas filhas como presente de 18° aniversário – apesar da quantidade de histórias reveladoras nos jornais sobre adolescentes que morrem na mesa de operação, vítimas de erros médicos.

A procura crescente pela cirúrgia plástica levou legiões de profissionais médicos pouco qualificados a fazer operações estéticas de risco sem a preparação adequada, com resultados por vezes desastrosos – infecções resistentes aos medicamentos, remendos horripilantes e morte. Um estudo mostrou que 97% dos casos de erros em cirúrgias plásticas, em São Paulo, foram provocados por cirurgiões não especializados. A Sociedade Brasileira de Cirúrgia Plástica, que representa médicos que passaram por onze anos de treinamento rigoroso, estima que há doze mil não especialistas fazendo regularmente esse tipo de intervenções no Brasil.

Uma noite, levei uns amigos alemães, de visita ao Rio, à churrascaria Porcão. Tendo sido vegetariana toda a minha vida, o *Big Pig*, como costumo chamá-lo, dificilmente seria a minha opção favorita para jantar. Mas, sendo também uma amiga que se sacrifica, pensei que meus convidados não poderiam regressar a Berlim sem ter vivido a experiência do churrasco com toda a glória – e consequente azia. Havia pelo menos dez anos que eu não botava o pé numa churrascaria, mas o Porcão mantinha-se exatamente igual, a mesma cortina de ar gorduroso e chamuscado, que nos saúda como um soco assim que cruzamos a porta, e as plaquinhas bicolores, com porcos desenhados, pedindo ou rejeitando mais comida, que os garçons, em contínuo movimento e segurando espetos de carne, ignoram alegremente.

FEMININA E ELEGANTE DA CINTURA PARA CIMA, MÚSCULO SÓLIDO DO QUADRIL PARA BAIXO. O QUE ISTO DIZ SOBRE A MULHER BRASILEIRA OU, TALVEZ MAIS PRECISAMENTE, SOBRE O HOMEM BRASILEIRO?

Para mim, o momento mais essencialmente brasileiro da refeição aconteceu quando inquiri se faziam um preço especial para vegetarianos que comessem apenas do bufê de saladas. O gerente explicou que embora os vegetarianos não tivessem direito a desconto, aqueles que levassem um atestado médico comprovando a recente colocação de uma banda gástrica pagavam menos 30%. Essa eu arquivei na categoria "Só no Brasil".

Decidi que tinha de conhecer o homem que obrigou a cirurgia plástica a sair do armário, libertando-a para o sol de todo Brasil. Invariavelmente, os perfis jornalísticos descrevem Ivo Pitanguy como "um dos brasileiros vivos mais famosos, como Pelé, Xuxa e Gisele". Embora ainda não tenha aparecido num selo dos correios (para sermos justos, Xuxa e Gisele também não), o apelidado "Michelangelo do bisturi" tem, comprovadamente, um estilo de vida em sintonia com a sua fama. Vive numa ilha privada e, aos 88 anos, viaja de helicóptero para a sua clínica em Botafogo. Também desfilou no sambódromo, no topo de um carro alegórico – um fato que parece divertir os correspondentes fascinados que escreveram os tais perfis.

Antes do nosso encontro, imaginei Ivo Pintanguy como a versão brasileira de algum personagem da série "*Nip/Tuck*" – todo malandro e reptilíneo, com um bronzeado perpétuo, enfiado num terno italiano justo e cafonamente lustroso.

Porém, o bom médico – óculos de armação de arame, madeixas castanhas e um ligeiro ceceio ao falar – tinha qualquer coisa de duende. E ainda que, como na minha fantasia, o seu terno fosse italiano, na realidade ele não tinha absolutamente nada de cafona.

Enquanto a entrevista se estendia pela tarde, interrompida apenas pela contínua torrente de cafés expresso, servida com perícia numa bandeja de prata, comecei a perceber a razão pela qual todos os perfis que eu tinha lido eram tão puxa-saco. Ivo Pitanguy era a personificação do charme. Ele flanava pela Breve História da Beleza, começando com os egípcios, pulando, sem percalços, do português para o inglês, o francês e o italiano, pontuando os seus pensamentos com versos de Baudelaire e William Blake. Ainda que tenha passado horas com Ivo Pitanguy, as suas

## A CIRÚRGIA PLÁSTICA SE TORNOU UMA ESPÉCIE DE DIREITO DE NASCENÇA, NÃO É INCOMUM OS PAIS OFERECEREM UM NOVO NARIZ ÀS SUAS QUERIDAS FILHAS COMO PRESENTE DE ANIVERSÁRIO

respostas eram tão exaustivas que fiz apenas três das doze perguntas que preparara. Além disso, minha missão – tentar que ele confirmasse o nome de alguns dos seus pacientes mais famosos – também falhou (boatos asseguram que a lista inclui membros da realeza europeia e hollywoodesca, um presidente francês, um monarca marroquino e várias primeiras-damas dos Estados Unidos).

Só depois de sair do seu escritório me dei conta que as pilhas do gravador tinham morrido aos doze minutos e que as notas não me salvariam, consistindo inteiramente de fragmentos de frases – tinham sobrevivido somente as palavras iniciais dos solilóquios de um parágrafo que caracterizam o discurso de Pitanguy.

Penso agora que, de alguma forma, o fracasso da entrevista foi apropriado e ofereceu uma espécie de sentido cósmico àquele encontro – as elaborações filosóficas do homem que construiu um império tentando que a beleza fosse permanente, afinal, eram nada mais que efêmeras.

Pode-se dizer que a ciência dá suporte às teorias de Pitanguy. Variadíssimos estudos mostram que pessoas atraentes ganham mais dinheiro (460 mil reais durante a carreira, diz um estudo japonês), e que são mais facilmente contratadas, promovidas e aumentadas.

O que me faz regressar às meias até o joelho. Após três anos no Brasil e algum tempo esmiuçando o tema, essas meias começaram a parecer menos uma loucura e mais um investimento sensato. Tenho de admitir. Já comprei dois pares.

Tradução Hugo Gonçalves

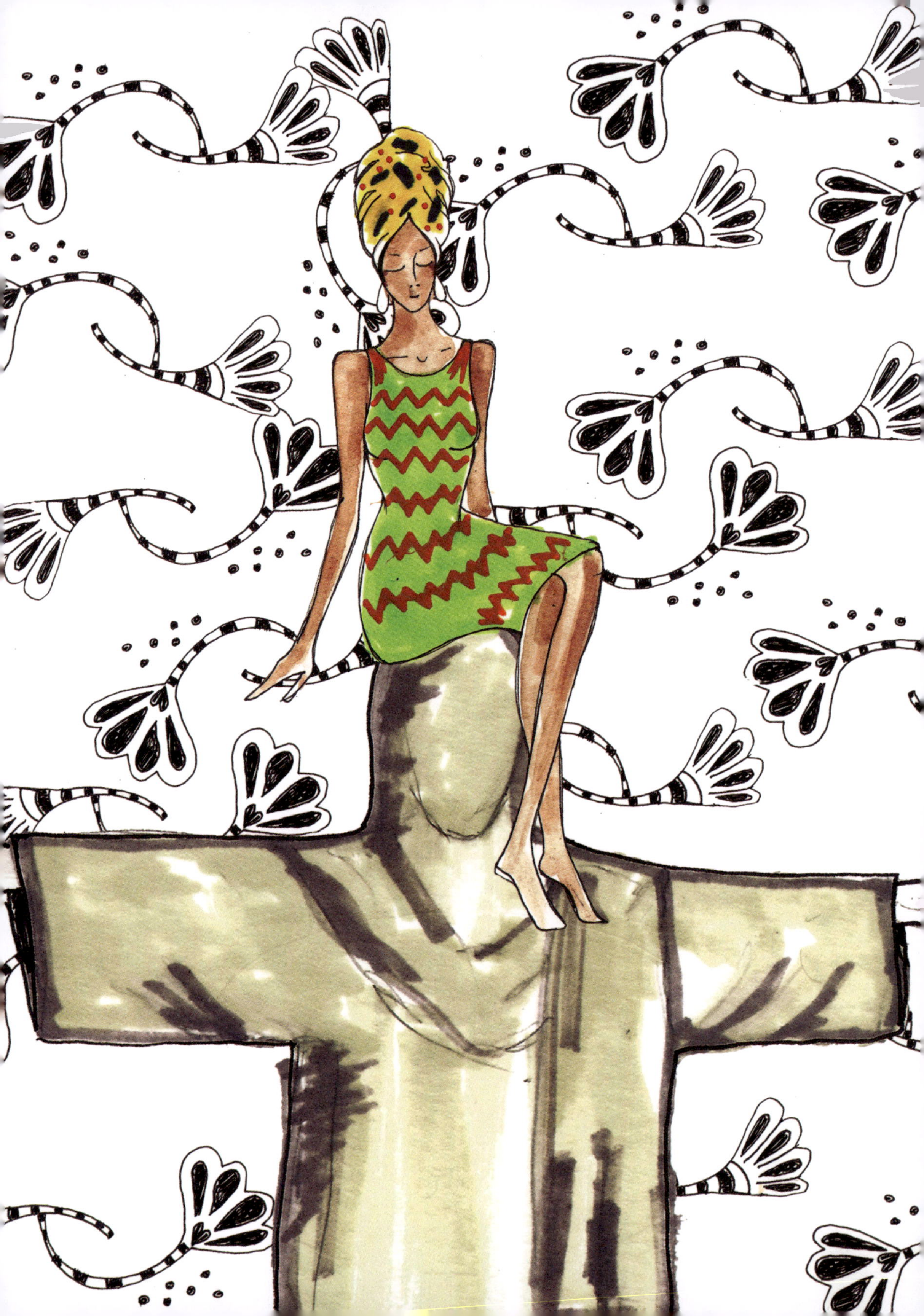

Phillip Lichterbeck

ALEMANHA

# MULHER, PRETA, BRASILEIRA:

## A IMPROVÁVEL, MAS VERDADEIRA, HISTÓRIA DE MARIANA O.

Esta é a história de Mariana O. É uma história que desmente qualquer probabilidade – alguns diriam até mesmo: desmente tudo. Aqui, há milagres. Existe desespero, mas há salvação. E, claro, existe uma heroína.

Quem sabe, a história de Mariana O. seja uma lenda. Uma lenda brasileira. Seja como for: não é inventada.

Conheci Mariana – que me pediu para não usar seu nome verdadeiro neste texto – no início de 2013. Poucas semanas antes, munido de duas mochilas abarrotadas, tinha embarcado em um avião na Alemanha e deixara o país. Após 17 anos trabalhando em um Berlim unificado, depois da queda do muro, quis tentar minha sorte no Rio de Janeiro como jornalista *freelancer*. Parti rumo ao desconhecido. Guardava algumas poucas lembranças da cidade, reminiscências do período de um estágio, muitos anos antes. Cheguei curioso, mas também inseguro, um estranho. Um iniciante em uma cidade para gente experiente.

Haviam me dito que o Brasil mudara bastante, que se tornara uma potência econômica, que agora dispunha de programas sociais exemplares. Lia-se que o Brasil não era mais o eterno país do futuro, mas sim, finalmente, o país do presente: mais justo, mais democrático, mais humano. E que, finalmente, as coisas estavam se mexendo também no Rio. Que a cidade, um Brasil em miniatura, tornara-se mais segura. Que estava sendo arrumada para a Copa e as Olimpíadas e que agora havia regras para tudo, até para abrir um coco. Uma revista alemã chegou a escrever que o Rio estava ficando enfadonho.

Claro, eu sabia que uma cidade não se conhece através de artigos de jornal, livros, reportagens na TV ou guias de viagem. O que caracteriza uma cidade são as pessoas – seus conflitos, suas paixões, suas lutas. Elas são as janelas que se abrem para um lugar, as portas pelas quais se deve passar para atingi-la. Quando cheguei, eu não conhecia ninguém.

Vi Mariana poucos dias antes do Carnaval na rua, vindo em minha direção – ereta, segura, ritmada. Um vestido sem mangas com estampa africana mostrava seus ombros negros. Finas gotas de suor escorriam pelo seu pescoço.

Eu disse: "Oi, boa noite."

Ela disse: "Eu sou Mariana."

Os muros e as casas refletiam o calor do dia. A porta para o Brasil se abrira para mim. E foi um portão.

Ela viera de uma roda de samba em Santa Teresa, onde cantara, e estava a caminho de casa. Sentamos num boteco de esquina no Largo dos Guimarães e pedimos duas cervejas. Ela não tomava Antarctica nem Brahma, nem qualquer uma daquelas imitações brasileiras de cerveja. Gostei dela imediatamente. Algumas pessoas das outras mesas nos observaram.

"Somos bem clichê", disse Mariana. "Uma negra e um gringo."

Eu disse: "Dane-se."

Ela riu. Começou ali um conversa, um diálogo, que perdura até hoje.

Poucos dias depois combinamos uma caminhada. De Santa Teresa, subimos até o Cristo. Um dia de sol, bermudas, mochilas com água e banana. Ao chegar ao morro Santa Marta e olhar para a cidade aos nossos pés, Mariana começou a falar da sua vida. Simples assim. Como eu descobriria depois, era o seu jeito de não complicar as coisas. É preciso contar o que se deve contar.

"Era muito pouco provável que um dia eu estivesse aqui com você. Havia muito mais chances de eu me tornar faxineira ou prostituta", disse calmamente Mariana. "Ou então sofrer uma morte violenta e precoce."

Prestei atenção no que ela me contava. Até então, não gastara um pensamento sequer sobre o passado de Mariana. Sabia apenas que era uma requisitada militante social e ativista negra, que gostava de cantar e morava em Santa Teresa, onde muitos a chamavam jocosamente de "santa" do bairro. Quem sabe, penso hoje, é preciso ter uma certa dose de santidade para não se tornar amargo com tudo o que Mariana passou em sua vida.

"Nasci em Anchieta, no norte do Rio", disse, enquanto seu olhar se fixava em uma nuvem sobre a baía de Guanabara. "Preta, pobre, mulher, Zona Norte."

Foi como o som de uma guilhotina descendo. Uma sentença. É assim que as coisas se passam no Brasil. Quando se quer descobrir qualquer coisa sobre as chances de uma pessoa na vida, esses são os indicadores. O Brasil é uma sociedade presa em suas estruturas coloniais, com uma elite blindada contra invasores ou ideias inovadoras.

"Tua origem marca o teu caminho", diz Mariana.

O que é admirável, sendo dito por ela, pois sua própria trajetória apontava em uma direção completamente diferente.

Num primeiro momento, o caminho de Mariana ia direto até o precipício.

Aos 13 anos, Mariana estava farta daquela vida. Não sabia para onde ir, mas intuía que em qualquer lugar devia ser melhor do que o inferno que era seu lar. A mais velha de três irmãos, arrumava a casa, esfregava o chão, lavava a roupa e a louça, cuidava das irmãzinhas. Mas para sua mãe, uma alcoólatra, nada nunca estava bom. Ela costumava bater em Mariana – batia no rosto, nas têmporas, batia sua cabeça na mesa. Toda vez que Mariana era internada no hospital, mentia. Dizia que topara com um poste ou que caíra no chão.

O pai de Mariana, por sua vez, traía a mãe com uma mulher que colocara dentro de casa e dizia que era sua irmã. Todos conheciam a história verdadeira, menos a mãe. Movido por um instinto protetor exagerado, o pai proibia Mariana e suas irmãs fazerem muitas coisas de que gostavam: escutar música romântica, assistir a novelas na TV, brincar com outras crianças.

"Ele temia que eu pudesse me apaixonar e engravidar", diz Mariana. Assim como aconteceu com muitas garotas no bairro. "Não queria que os vizinhos fofocassem."

Um dia, o pai descobre Mariana com um rádio sob os lençóis e destrói o equipamento.

Mariana tomou uma decisão. Do seu jeito. Saiu de casa, sem saber para onde. Simplesmente saiu. Rumo ao desconhecido. Obedecendo a um impulso, à certeza de que a vida tinha mais a lhe oferecer.

Mariana esteve em uma estação ferroviária na periferia do Rio de Janeiro. É 1979. Entrou num trem rumo ao centro. Ao ver a torre de uma igreja, saltou. Católica, Mariana conhecia as histórias da Bíblia, admirava Maria, acreditava em milagres e em santos.

Pela primeira vez, Mariana dorme na rua, deixa seus parcos bens com um simpático dono de botequim, faz uma cama com cartolina. Ela se adapta à nova vida. Durante o dia, vai de porta em porta, pede comida, água e um banho. À noite, vai à igreja e reza. Aprende a lidar com os "donos da rua", como ela diz – um bando de jovens para o qual faz serviço de aviãozinho. Quando bate frio ou fome, ela cheira cola.

Mariana volta para casa para buscar roupa, encontra o pai, que pede chorando que ela fique, que não vá embora de novo. Ela sabe que não adianta e o deixa plantado em pé.

Mariana enfrentou o pai. Mas no Rio é apenas uma das milhares de crianças que mora nas ruas. Imagino que era uma daquelas figuras miseráveis que hoje são vistas em volta da Central do Brasil ou sob as pontes no centro e que se tenta evitar. Não queremos vê-las, sentir seu cheiro ou tocá-las. Preferiríamos que nem existissem.

Durante nossa caminhada passamos por um muro pintado. O desenho mostra uma jovem negra orgulhosa vestindo uma camiseta com a inscrição: "É bela a mulher que luta". Mariana quer ser fotografada ao lado do grafite. Imagino que a menina na pintura grafitada deva ter a mesma idade que ela tinha ao fugir de casa. O que aconteceria na Alemanha se uma garota de 13 anos desaparecesse? A polícia faria buscas, haveria anúncios no rádio e na TV local, cartazes seriam colados na rua mostrando sua foto. Na Alemanha, uma criança não poderia simplesmente sumir. No Brasil, sim.

> O BRASIL NÃO ERA MAIS O ETERNO PAÍS DO FUTURO, MAS SIM, FINALMENTE, O PAÍS DO PRESENTE: MAIS JUSTO, MAIS DEMOCRÁTICO, MAIS HUMANO

"A MULHER NEGRA É A VERDADEIRA HEROÍNA DO BRASIL. SEM ELA, O PAÍS DESMORONARIA"

MULHER, PRETA, BRASILEIRA

## VI MARIANA POUCOS DIAS ANTES DO CARNAVAL, NA RUA, VINDO EM MINHA DIREÇÃO – ERETA, SEGURA, RITMADA. UM VESTIDO SEM MANGAS COM ESTAMPA AFRICANA MOSTRAVA SEUS OMBROS NEGROS

Alguns dias depois do nosso passeio ao Cristo eu visito Mariana no seu trabalho, Quero fazer uma reportagem sobre o Complexo da Maré, onde Mariana trabalha numa ONG conhecida pelo seu trabalho sério - coordenando, entre outros, as atividades culturais com crianças e jovens. Na hora do almoço, ela me encontra na passarela 9. Sobre nós, como uma saudação, uma faixa: "A Marécomplexo".

À primeira vista, a Maré parece um bairro buliçoso e agitado. Existem dúzias de lojas, restaurantes, bares, salões de beleza, até mesmo bancos e uma quadra de futebol. Milhares de pessoas estão nas ruas estreitas e sem arvores – a pé, de moto ou de bicicleta. À segunda vista descobre-se o que destoa dessa normalidade. Sentados nas esquinas, em mesinhas de plástico, como executivos, adolescentes de camisetas, chinelos e shorts, diante de duas sacolas transparentes: uma com papelotes, outra cheia de dinheiro. No meio, pistolas pesadas. Um rapaz manipula uma AR-15.

Raros são os brasileiros que eu conheço que já estiveram lá. Muitos torcem o nariz. Um colega que trabalha num grande jornal alemão nem pode pisar na Maré – normas da redação, que teme por sua segurança. Mas caminhar por aqui com Mariana parece a coisa mais normal do mundo. Ela cumprimenta, acena e ri, move-se e se comporta na Maré como em Santa Teresa. Lá e cá, as pessoas a abordam, abraços, beijos. "Mariana, querida, tudo bem? Você está linda!" Cordialidade brasileira.

Vamos a um restaurante a quilo. Três moças vêm à nossa mesa, adolescentes atraídas pelo estrangeiro louro. Querem saber se sou namorado de Mariana. Ela sorri e começa a conversar com elas, perguntando pelos seus nome. Uma delas está barriguda e Mariana pergunta como está a gravidez e se é o primeiro filho. Em poucos instantes, ganha a confiança da garota. Elas riem e Mariana diz que não é uma boa ideia fumar cigarro.

É sempre a mesma história, diz Mariana. Os rapazes se recusam a usar camisinha e as meninas têm medo de perder os rapazes, engravidam, os filhos são criados pelas avós. Na escola, em casa, em lugar algum essas meninas recebem as informações para conseguir lidar com a situação. Ninguém lhes dá autoestima.

Além do Complexo da Maré, Mariana também trabalha do outro lado da Avenida Brasil, no Complexo do Alemão, bem como na Cidade de Deus. Cuida de adolescentes grávidas, fala com elas sobre amor, sexo, drogas e filhos. E diz que é frustrante quando as meninas engravidam pela segunda vez. São situações em que não se deve desistir.

Quando Mariana ainda era menina de rua, com o tempo foi aumentando seu raio de ação. Foi até o centro do Rio. Na Lapa, de vez em quando cedia às abordagens masculinas - não por dinheiro, mas por um prato de comida. "Mas continuei virgem, aquilo era importante para mim", diz Mariana, católica que crê em Maria e milagres.

No centro do Rio de Janeiro, Mariana descobre outra coisa: a Biblioteca Nacional. Depois que fugiu de casa, nunca mais frequentou a escola, mas está ávida por histórias. E por um mundo diferente do seu, maior, mais bonito, mais cheio de sentido. Começa a passar as tardes entre as estantes de madeira do honorável prédio. Lê "Cem anos de solidão", de García Márquez, "Admirável mundo novo", de Aldous Huxley, "Os capitães da areia", de Jorge Amado. Os livros lhe dão calor – são pequenas fugas e grandes aventuras. "O pequeno príncipe" de Antoine de Saint-Exupéry se torna seu livro preferido. Ela se identifica com o menino sonhador. Verdade: só com o coração se vê bem as coisas. O essencial, o que importa de verdade, permanece invisível para os olhos. Assim como Mariana, o pequeno príncipe é frágil. Assim como ela, é um moderno personagem de lendas.

Um dia, Mariana quase quebra.

Ela tem 17 anos, está na rua, incrivelmente atraente: esguia, feminina, seios grandes, pernas infinitas. Um carro para junto a ela. O motorista se apresenta como pregador evangélico e apresentador de rádio e promete um emprego para ela na emissora, na Ilha do Governador.

Quando Mariana passa lá no dia seguinte, o homem a apresenta aos empregados como nova funcionária da emissora e a leva de carona em seu carro. No caminho, para e compra um suco de laranja. Pouco depois, ela se sente paralisada, não consegue mais se mexer nem dizer uma palavra. O pastor a leva para um quarto num posto de gasolina e tenta estuprá-la. Quando vai ao banheiro, Mariana consegue reunir as últimas forças para escapar pela janela. Arrasta-se pelo posto de gasolina e desmaia. No dia seguinte, acorda em um hospital.

Poucos dias depois, ela volta à emissora na Ilha do Governador. Um técnico de som diz que ela não foi a primeira garota que o apresentador anestesiou e de quem abusou, e que ele costumava misturar alguma coisa no suco que oferecia às mulheres. Mas diz também que nem adianta dar queixa na polícia. Afinal, quem acredita em uma garota de rua que depõe contra um pastor evangélico popular?

"O sistema está imbuído de racismo e mulheres negras são vítimas predestinadas", diz Mariana.

No Brasil, mulheres negras têm o menor índice de escolaridade e formam uma pequena minoria nas universidades. Praticamente não existem no sistema político. Em compensação, ralam aos milhões no setor informal para sustentar suas famílias. Elas formam a espinha dorsal do Brasil. Todas as manhãs, pegam trens superlotados para sair da Zona Norte, pobre, e ir até a Zona Sul, onde limpam os apartamentos dos ricos e cuidam das crianças. Ao mesmo tempo, são as mais atingidas pela violência e pelos assassinatos.

"A mulher negra é a verdadeira heroína do Brasil", diz Mariana. "Sem ela, o país desmoronaria."

Poucos dias mais tarde, em Santa Teresa, começa o Carnaval. A tradicional roda de samba no Largo das Letras transcorre de maneira rotineira e um pouco sonolenta. Mas o público descobre Mariana. Chamam-na, puxam-na até o palco. Pelo microfone, ela saúda com sua voz forte e levemente rouca: "Boa noite, gente!" Imediatamente, todos prestam atenção, centenas de olhos observam a mulher imponente com seu turbante africano. Ela entoa um jongo, os percussionistas a acompanham, o público canta, a multidão dança no ritmo; Mariana salvou a roda, os líderes da banda se inclinam e beijam suas mãos. Mas percebe-se que também para eles não é fácil ter o *show* roubado por uma mulher.

"O samba também é um mundo bem machista", diz Mariana.

Naquela época, na Ilha do Governador, o técnico de som tem pena da menina de rua que está diante dele aos prantos, furiosa e desamparada. Consegue um emprego para Mariana, como cuidadora de uma senhora idosa e acamada. Ela consegue um quartinho no apartamento da senhora e de seu marido – pela primeira vez em muitos anos, saiu da rua. O casal exige que Mariana faça uma formação como auxiliar de enfermagem, e ela segue a orientação.

Tudo parece muito bem encaminhado. Mas não seria a história de Mariana, se não houvesse mais um desafio, mais um obstáculo. Uma noite, o marido da idosa se deita junto de Mariana e começa a acariciá-la. Ela finge que está dormindo. Não quer perder o emprego – o dilema típico para tantas empregadas. Como tudo isso continua por algumas semanas, Mariana não quer mais. Encontra um novo emprego e agora cuida de um rapaz com síndrome de Down.

E ela volta à igreja. Todo domingo vai à igreja católica de sua antiga comunidade. O padre é da Teologia da Libertação, interpreta o Evangelho como chamamento à luta contra pobreza e injustiça. Isso agrada a Mariana. Ela começa a se envolver com a comunidade. Os outros prestam atenção em seu carisma e no seu talento de organização. Certa vez, ela encontra Leonardo Boff, um dos fundadores da Teologia da Libertação, bem com o seu irmão. Ambos a incentivam. Ela ainda nem completou 20 anos quando recebe a incumbência de organizar grupos de base na Zona Norte do Rio, coordenando círculos bíblicos e interpretando a Bíblia.

"Meu único talento consistia em querer mudar o mundo", diz Mariana. Seus grupos são conhecidos como "cristãos vermelhos" no Rio. Lutam pela melhoria da situação nas favelas.

É meio da noite, depois do *show*, quando Mariana recebe um telefonema dizendo que na Maré a situação estava infernal. Ela chama um táxi e vai até a favela. O Bope invadiu o local, depois que um funcionário da unidade de elite foi fuzilado por traficantes. Agora, o Bope vinga o colega assassinado arbitrariamente. Os habitantes da Maré viram reféns do Estado que deveria protegê-los.

Mariana fica na favela até a madrugada. Embora também tenha medo, consola os moradores que têm medo do Bope e sem coragem de voltar às suas casas. Escuta histórias de agentes que ameaçam mulheres e as ofendem sexualmente, que destroem eletroeletrônicos e atiram, ou manipulam facas. No dia seguinte, o balanço: nove moradores assassinados. A imprensa protesta brevemente contra o Estado que massacra seus próprios cidadãos. Depois disso, a chacina é esquecida. A vida dos pobres não conta muito no Brasil.

Proibiram vender queijo coalho na praia por razões de higiene sanitária. Em Ipanema, é recomendável não jogar as guimbas de cigarro no chão (Lixo Zero). Mas no Complexo da Maré os policiais continuam assassinando gente impunemente. Que país é esse, que quer ser uma das grandes nações industrializadas deste século, mas volta e meia mergulha na barbárie?

Aos 20 anos, a vida de Mariana muda radicalmente. Ela conhece seu primeiro marido, um engenheiro - meio branco, meio índio. Pouco depois, nasce sua filha. Mas o casamento acaba porque a família do marido não aceita negros. Certa vez, uma tia do marido comenta com Mariana:

"Você é espertinha, nega. Entrou na nossa família pela cama."

O marido de Mariana é fraco demais para defendê-la.

Mas Mariana não perde a coragem. Novamente, está numa encruzilhada.

Ela se lembra de que na igreja costumavam dizer que sua voz era boa e potente. Candidata-se a uma vaga em uma escola de música e é aceita. Forma sua voz e, numa apresentação, encanta Augusto Boal, o fundador do Teatro do Oprimido. Ele contrata Mariana para seu teatro de rua e ela passa a se apresentar com a trupe de Boal. Sua missão é fazer parar os pedestres na rua com sua cantoria.

"Passei por todas as portas que se abriram para mim", diz Mariana. "Geralmente, sem saber o que me esperava."

Graças ao teatro, Mariana conhece alguns vereadores do PT. Vira assessora parlamentar e usa sua experiência em questões que dizem respeito à vida cultural nas favelas. Mas quando o PT chega ao poder em Brasília, Mariana se desilude e se crê mais representada pelo PSOL, chegando finalmente à conclusão de que a política partidária não é o meio certo para transformar a sociedade.

"A transformação precisa vir de baixo para cima. Precisa criar raízes e construir um caminho para cima, com força. Sem raízes, não presta."

Naquela época, Mariana adota um nome de guerra: Dandara, a esposa de Zumbi. Uma escrava foragida que luta contra os senhores coloniais e se suicida ao ser presa.

"Ao virar Dandara, virei negra", diz Mariana. "E me dei conta do meu lugar na sociedade. Dizem que nosso cabelo é ruim, veem-nos como putas ou objetos sexuais. Todos os dias precisamos lutar pelos nossos direitos. Nas telenovelas as mulheres negras geralmente aparecem como faxineiras. E o noticiário é apresentado exclusivamente por mulheres brancas."

## O BRASIL É UMA SOCIEDADE PRESA EM SUAS ESTRUTURAS COLONIAIS, COM UMA ELITE BLINDADA CONTRA INVASORES OU IDEIAS INOVADORAS

Efetivamente, hoje há mais pessoas negras nos noticiários na Alemanha do que no Brasil. Parece que o país renega a visibilidade aos negros, aos quais deve uma grande parte de sua cultura.

Certa vez, Mariana recebe um convite para um teste de um diretor de teatro que também trabalha na TV Globo, para uma peça a ser encenada em um dos teatros mais famosos da Zona Sul do Rio. Querem contratá-la de cara. Mas ela recusa. É uma porta pela qual não quer passar.

"Acho que fui radical demais", diz ela. "Mas eu não quis trabalhar com ninguém daquela emissora. Devia isso à minha consciência. Tinha aprendido um teatro que visa abolir a opressão, definir os papéis entre opressor e oprimido na busca de uma melhor perspectiva, o que me parece totalmente contrário aos objetivos da Rede Globo em se tratando da formação de uma nova sociedade."

Quando Mariana engravida pela segunda vez, muda-se para a cidadezinha serrana de São Pedro da Serra, onde vivem muitos descendentes de imigrantes suíços. Trabalha como faxineira e canta nos bares do lugarejo. Quando visitamos São Pedro da Serra juntos, acontece o mesmo que na Maré e em Santa Teresa. Todos conhecem Mariana, cumprimentam, abraçam-na e a fazem prometer que irá cantar na mesma noite.

Ao voltar de São Pedro, e apesar de não ter terminado a escola, Mariana continua uma trajetória que perdura até hoje. Torna-se mediadora social e começa a trabalhar em várias favelas – com crianças que sofreram abuso, garotas e mulheres grávidas, a população marginalizada. Hoje, Mariana coordena as atividades culturais de uma ONG renomada e é mediadora de direitos humanos da Anistia Internacional.

"Mas, antes de tudo, sou negra e mãe", diz Mariana. Ser negra e mãe, ao meu ver, quer dizer que preciso lutar por um lugar que reconheça meu valor, para que possamos pensar num país mais justo para os que saem do ventre dessa pátria mãe gentil.

Mariana matricula seu segundo filho em uma das melhores e mais caras escolas do Rio. É a única negra na reunião de pais da turma de seu filho. Outro dia, o filho foi xingado de "escravo" por um colega, cujo pai nem sabia como pedir desculpas.

A filha de Mariana acabou de ter um filho. Ela virou avó aos 46 anos apenas. Sua mãe morreu. Seu pai a visita de vez em quando em Santa Teresa e se sente estranho; Mariana o perdoou. Em sua própria família é chamada de "gringa" de vez em quando, por causa do seu estilo de vida.

Em sua trajetória improvável, Mariana conserva uma amizade com o ex-governador do Rio de Janeiro e sua família. De vez em quando, ele a convida para festas de família e lhe manda *e-mails*. Quando, em 2013, manifestantes sitiaram seu prédio semanas a fio, ele lhe perguntou, com lágrimas nos olhos, onde estava errando. Mariana respondeu:

"Vocês vivem suas vidinhas em um mundo branco e blindado. Vocês não conhecem o Brasil."

Mariana conseguiu escapar às probabilidades estatísticas. A garota negra de Anchieta, que cresceu em uma família dilacerada, sem educação escolar, que se prostituiu e sofreu abusos, tornou-se uma mulher bem-sucedida. E não só no trabalho: bem-sucedida na vida, enquanto ser humano, enquanto pessoa que toma suas próprias decisões livremente.

Mariana era sozinha. Tudo o que conseguiu foi com o esforço próprio. Ela superou desafios que teriam quebrado outras pessoas; ultrapassou obstáculos que, para outros, seriam altos demais. Sua história é tão atípica para o Brasil que desperta o olhar para o que é típico.

Nem sei o que eu teria visto do Brasil sem Mariana, e o que eu entenderia do país. Só sei que a minha visão seria bem mais pobre.

Tradução Kristina Michahelles

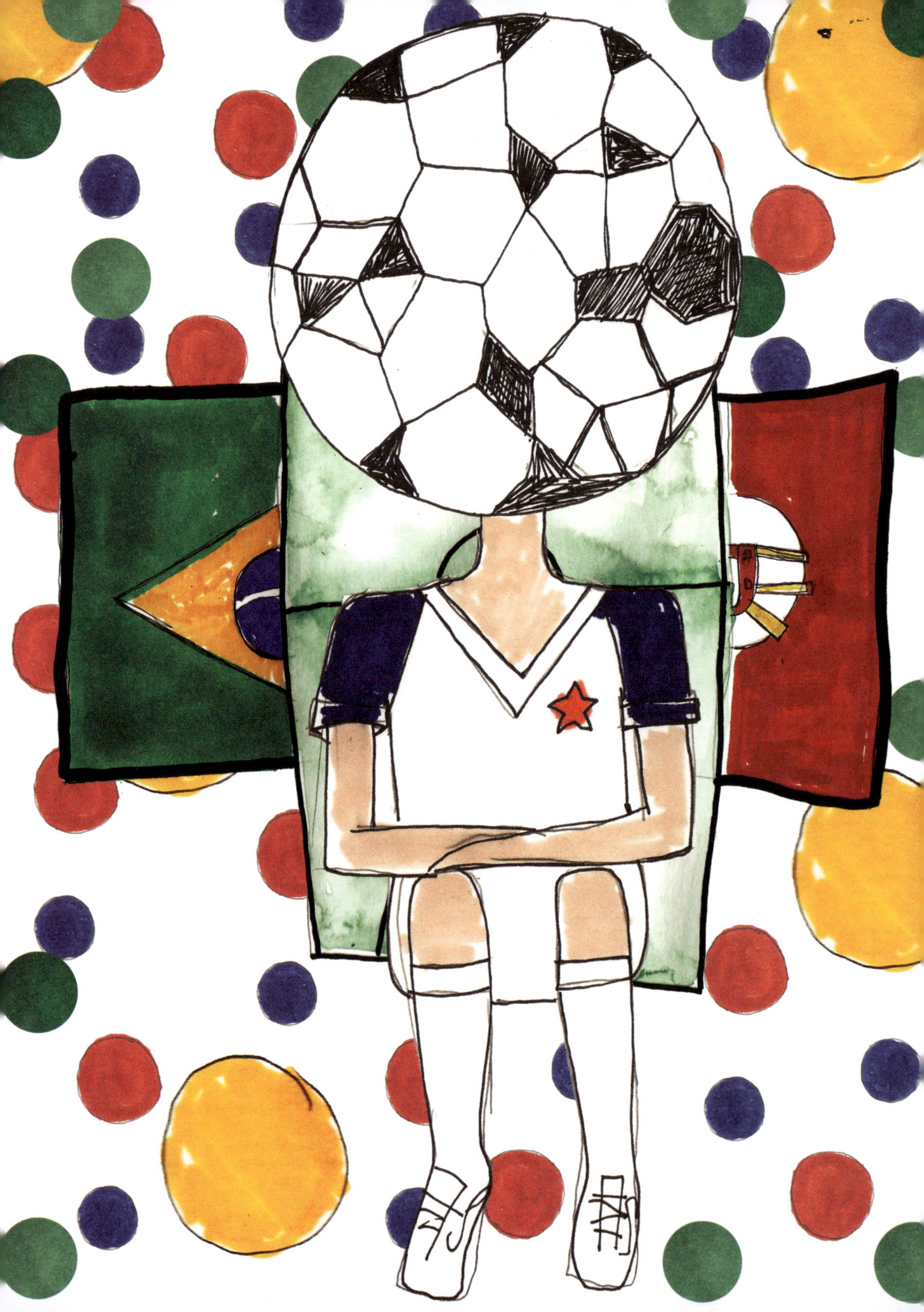

João Almeida Moreira

PORTUGAL

# EU FUI AO FUTEBOL E VI O BRASIL*

"Então, meu querido, sabe o que acontece? Eu, nesse dia, infelizmente vou ter que trabalhar toda a tarde e, por isso, para mim, nesse momento fica meio difícil deixar meu trabalho para trás... Mas olha, meu querido, vamos combinar sim, noutra hora, porque eu queria muito ir, mas sabe o que acontece? Eu, nesse dia..."

Quem diz tudo isto é o meu amigo que, ao contrário do que prometera numa noite etilizada, afinal não pode ir comigo percorrer os 350 quilómetros entre Ribeirão Preto, onde moro, e São Paulo, a megalópole em que Corinthians e Palmeiras jogariam a partida a que queríamos desesperadamente assistir. Na mesa do boteco, acaba de me dar um "fora". Acaba não, vai a meio, porque a resposta continuou, circular, mais uns minutos.

A resposta desse meu amigo é um "não à brasileira". Uma resposta que se caracteriza logo à partida pela intrigante ausência da palavra "não". Usa, pelo contrário, o termo "sim", uma ou outra vez, uns dois ou três calorosos "meu querido" pelo meio, e começa por um "então", a muleta para preparar argumentos.

Fosse o meu amigo alemão e eu teria recebido um seco "*nein*". Fosse inglês e já ganharia um frio mas educado "*I'm afraid I can't*". Fosse português e eu teria ouvido uma enrolaçãozinha tipo "em princípio não dá mas liga-me mais logo". Sendo ele brasileiro, ouvi um esforço retórico hercúleo para evitar o "não" que, afinal, era tudo o que ele queria e não conseguia dizer.

Mas eu fui, mesmo sem a carona prometida, cobrir o dérbi paulistano para tentar encontrar material de interesse para os jornais com os quais colaboro. Já devidamente credenciado para o jogo, competia-me comprar um bilhete de ônibus, aparecer à hora determinada na rodoviária e atravessar durante quatro horas e meia o estado de São Paulo, o mais rico do país. Ou, consoante o preço, optar por uma viagem de avião de apenas 40 minutos de Ribeirão Preto a Congonhas.

* Este texto respeita a grafia do português de Portugal.

Um brasileiro que soubesse das minhas intenções preparar-me-ia imediatamente para o pior, como se eu planeasse percorrer Gaza para ver um jogo em Bagdá. Para os locais, as rodoviárias e os aeroportos brasileiros são os mais lamentáveis do planeta, os horários não são respeitados, as estradas são perigosas, o povo é incivilizado, há roubos a cada curva, enfim, uma ladainha interminável de autodepreciações. Pois aqui fica uma novidade: já viajei muito de avião e de ônibus no Brasil e normalmente chego à hora prevista. Aliás, cheguei mais vezes antes do que depois do previsto.

"Sério?", pergunta-me a menina do caixa da rodoviária com quem partilho a minha feliz experiência.

Sim, a sério. No Brasil, a autodepreciação é, ao lado do futebol, o desporto nacional. "Só no Brasil!", ouve-se com frequência. Como em Portugal também se ouve com frequência "isto só em Portugal." E como por lá a autoconfiança do povo e do país também é baixíssima; e como nas piadas feitas por portugueses aparece sempre um inglês, um francês e um português e – até lá, imagine-se! – é ao português que cabe o papel de idiota – ou, na melhor das hipóteses, o papel de Chico Esperto (João Sem Braço, no Brasil) –, admito portanto que a autodepreciação seja um desporto particular lusófono.

Mas ai do estrangeiro que menospreze o meu país. Ao forasteiro está reservada a função de ficar deslumbrado com as belezas naturais, encantado com a gastronomia local e comovido com a hospitalidade indígena. Para dizer mal de Portugal ou do Brasil estou cá eu, que sou português ou sou brasileiro, e por isso tenho livre-trânsito para escarnecer do meu umbigo.

Sintomáticos são os casos das organizações do Euro 2004, por Portugal, e do Mundial 2014, pelo Brasil. Até à realização das provas, havia receio, medo, pânico do que a comunidade internacional fosse pensar dos atrasos, dos acessos, de tudo, porque tanto o pequeno país no fim da Europa quanto o gigante sul-americano precisam da aprovação permanente do estrangeiro para se realizarem. Como no final das contas o resultado fora do campo até foi positivo, portugueses e brasileiros agora não aceitam nada menos do que o selo de melhor Eurocopa de sempre, num dos casos, e de Copa das Copas, no outro.

Com tempo disponível, rejeitei ir de avião e preferi comprar uma passagem de ônibus, confiante nos transportes brasileiros. Mas havia um risco que não me tinha ocorrido.

"Cuidado, João: é fevereiro. O Brasil para até março...", alertou-me a minha mulher, brasileira e, claro, receosa das capacidades do seu país."

Como o Carnaval de 2014 foi em março, até lá, de facto, nada funcionou a cem por cento. Em 2014, aliás, terminado o Natal do ano anterior, entraram as férias, pulou-se o Carnaval, começaram os preparativos da Copa, jogou-se a Copa, enxugaram-se as lágrimas da Copa, começou a campanha eleitoral, votou-se uma vez, votou-se outra vez, esperou-se a formação e a posse do Governo, começaram os preparativos de Natal e, de repente, está aí 2015. O Brasil – que, se não para, pelo menos paira até ao Carnaval – em 2014 pairou o ano inteiro.

No resto do mundo, o verão também serve para recarregar baterias. Em Portugal, além do verão, a partir de novembro todos os membros da cadeia produtiva já começam a usar o Natal como alibi para falhar compromissos – o célebre: "sabe como é, agora mete-se o Natal, é complicado" –

mas no Brasil, que ainda por cima tem uma série de micaretas, ou carnavais fora de época, os pretextos para recarregar baterias e usar alibis passam o absurdo.

Fevereiro ou não, quatro horas e meia de viagem depois, como previsto, estou no Terminal Tietê, norte de São Paulo, pronto para a aventura de atravessar a cidade de 20 milhões de pessoas (duas vezes a população de Portugal) e ficar por perto do estádio até à hora do jogo, não vá o diabo do trânsito paulistano tecê-las.

"Não vai ter tanto trânsito para lá assim não, amigo, não vai muita gente ao jogo", sossega-me o taxista.

Não vai haver muita gente? Num Corinthians-Palmeiras? No dérbi? No mais paulistano dos jogos? Por quê?

Eu sei a resposta. Porque é jogo de campeonato estadual, uma aberração brasileira. Os estaduais ocupam quase cinco meses do calendário futebolístico do país, asfixiando em meros sete meses aquela que deveria ser a joia da coroa do futebol brasileiro, o campeonato nacional, ou Brasileirão.

Por causa deles, dos estaduais, jogam-se provas locais nos mesmos dias em que a seleção atua, prejudicando os clubes que cedem atletas à representação nacional e também a verdade desportiva das provas locais; as pré-temporadas, que na Europa são de mês e meio (fora as férias), resumem-se a uma semana; os treinadores, sem tempo para trabalhar, acabam despedidos uns atrás dos outros; os jogadores, sem descanso, lesionam-se com frequência anormal; e o público, perante as suas equipas mal treinadas por técnicos que duram semanas nos cargos, e sem os melhores jogadores em campo, ausentes por lesão ou por compromissos com a seleção, afastam-se dos estádios, como se afastaram daquele Corinthians-Palmeiras.

E por que não se acaba logo com esses tais de estaduais?

Argumento um, ouvido da boca de José Maria Marín, o octogenário presidente da Confederação Brasileira de Futebol, a CBF, cujo currículo para chegar ao mais alto cargo desportivo da nação inclui participação na ditadura militar e desvio, para o próprio bolso, de uma medalha de um jovem atleta na hora da entrega das distinções: os estaduais existem porque o Brasil é muito grande. Uma conclusão a que chega seis séculos depois dos cartografistas portugueses e um século após o compatriota Santos-Dumont ter demonstrado ao mundo que voando se chega num instante a qualquer lugar.

Argumento dois: os estaduais são tradicionais. Tradição: substantivo feminino, eufemismo para decadência. Também é mais tradicional enviar uma carta pelo correio do que um *e-mail* mas, garanto, caro leitor, este texto que lê foi enviado por *e-mail* ao editor para melhor satisfação de todas as partes. Se levarmos à letra a tal da "tradição", o futebol seria amador e o presidente da CBF ocuparia o cargo gratuitamente.

Argumento três: o Brasil é pentacampeão do mundo, não recebe lições de ninguém. Este argumento é utilizado normalmente por "pachecos". Para quem não conhece o termo, Pacheco era um torcedor ficcional da seleção brasileira criado no Mundial de 1982, que se tornou sinónimo

> POIS AQUI FICA UMA NOVIDADE: JÁ VIAJEI MUITO DE AVIÃO E DE ÔNIBUS NO BRASIL E NORMALMENTE CHEGO À HORA PREVISTA. ALIÁS, CHEGUEI MAIS VEZES ANTES DO QUE DEPOIS DO PREVISTO

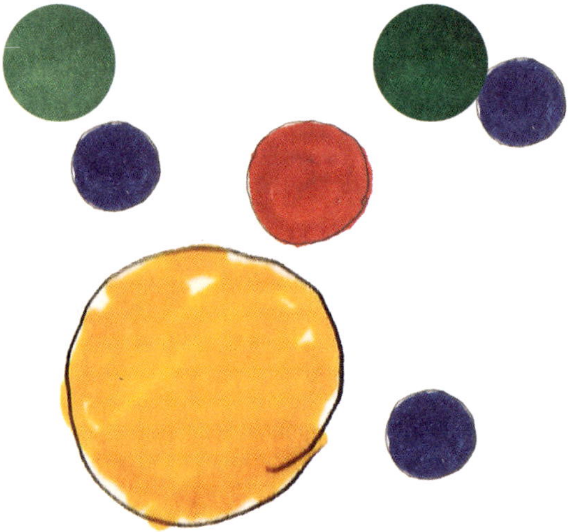

OS EUROPEUS, PORQUE JÁ COMETERAM OS MESMOS ERROS, NÃO DEIXAM QUE OS PAÍSES MAIS JOVENS OS COMETAM. A RAIZ DO PATERNALISMO: ROUBAR DOS FILHOS UM DOS MAIS VISCERAIS, SABOROSOS E ÚTEIS CONDIMENTOS DA VIDA: O ERRO do adepto que considera o Brasil acima do bem e do mal futebolísticos. O pachequismo é, na aparência, o reverso daquela síndrome da autodepreciação falada acima, mas, na essência, é a mesma coisa porque, ensina-nos a psiquiatria, complexo de inferioridade e complexo de superioridade são frutos da mesma árvore patológica. O pachequismo futebolístico brasileiro é também um fenómeno geracional: revela-se sobretudo naqueles, hoje com 60 anos ou mais, que cresceram vendo o Brasil ser campeão mundial por sistema (em 1958, em 1962, em 1970); os mais jovens, que conviveram com mais insucessos do que sucessos e que têm o interesse pelo futebol globalizado, são menos permeáveis ao fenómeno.

Faltam os argumentos quatro e cinco, os mais importantes e por isso os mais escondidos: os estaduais interessam à televisão dominante e servem para os presidentes da CBF permanecerem embalsamados no poder à conta dos votos dos representantes dos estados.

O taxista, de nome Fábio e torcedor do São Paulo FC, interrompe-me, em concordância.

"A gente vê o futebol europeu e os estádios estão cheios, os times jogam rápido e bonito..."

Mas e porque é que isso não acontece no Brasileirão? Em Espanha ganham quase sempre os mesmos dois clubes, na Alemanha vence o Bayern ou vence outro, na Inglaterra há quatro concorrentes por sistema, em Itália dois a três grandes, em Portugal três clubes dividem 78 de 80 títulos disputados. No Brasil há, pelo menos, doze gigantes, um potencial único de emoção e dezenas de milhões de torcedores. Nascem talentos a um ritmo incomparável. O povo vibra com futebol. As televisões dedicam-lhe todos os meios.

Quando cheguei ao Brasil, lembro-me de ter pensado que o Brasileirão devia estar para o futebol como a americana NBA está para o basquete – mais tarde soube que já alguém tinha dito o mesmo.

O problema, que deriva do pachequismo de quem dirige o futebol local, é acreditar que, tal como o povo judeu pelo Deus cristão, o povo brasileiro também foi escolhido pelos deuses do futebol. Não foi: o Brasil não ganhou mais do que as outras seleções por obra e graça do divino espírito santo mas sim por impulsos de competência ocasionais, pela vocação natural dos países miscigenados para o jogo e pela mais terrena das causas: a aritmética. É o quinto maior país em população do mundo, atrás de China, Índia, Estados Unidos e Indonésia, todos países que não são países de futebol. Logo, o Brasil é o maior dos países do Planeta Futebol. Logo, pela lei das probabilidades, o Brasil tem mais hipóteses de produzir bons jogadores do que qualquer outro país e tem mais hipóteses de ser campeão do mundo do que qualquer outro país. Hipóteses e obrigação.

Antes que americanos e chineses o levem a sério e se tornem líderes mundiais também no futebol, ao Brasil de Pelé, Garrincha, Zico, Romário e Ronaldo e tantos outros talentos naturais resta cuidar do seu. Começando por privilegiar o Brasileirão, torná-lo atraente, forte, rico, atualizado. Será ele a fonte de tudo.

(Um parênteses para contar um caso português. Nos anos 1940 do século passado, a seleção portuguesa sentiu a aragem da soberba porque, sendo amadora, conseguiu finalmente bater a vizinha e profissional Espanha. "Há talento natural", sentenciaram os pachecos lusitanos da época. "Foi acaso: sendo amadores, a médio prazo ficaremos para trás", advertiram os realistas. E num dia enevoado de 1947, Portugal recebeu a Inglaterra, no pomposo Estádio Nacional, recém inaugurado nos limites de Lisboa. Resultado: Portugal 0 x Inglaterra 10. Os pachecos renderam-se aos realistas e um estrangeiro, vindo de um dos países à época na vanguarda do futebol, um tal de Brasil, foi contratado para ensinar as regras do profissionalismo aos portugueses. O estrangeiro chamava-se Otto Glória, e passou, com glória, por todos os principais clubes portugueses e pela seleção nos anos seguintes, semeando a geração que em 1966 bateu o então imbatível Brasil na Copa da Inglaterra. Dez a zero ou sete a um não são desgraças em si mesmos: são sintomas. Sintomas de que está na hora de ir à mesa de cirurgia extirpar o mal antes que o mal alastre).

"Concordo, amigo", diz Fábio.

Parte dos brasileiros, como o jovem taxista Fábio, pensa como eu. Outra parte, não. E com todo o direito. Sim, absolutamente com todo o direito. Aproveitando para respirar a meio do meu discurso torrencial, e enquanto o meu amigo motorista muda de percurso pela quinta vez para evitar o trânsito paulistano (São Paulo não para por causa do Carnaval, seguramente), sou assaltado por uma dúvida, por uma culpa: quem sou eu para dizer "o Brasil devia ser assim, o Brasil devia ser assado"?

Sofrerei de eurocentrismo? Por melhores que sejam as intenções, os europeus tendem a chegar ao Novo Mundo, mesmo aos tão bem sucedidos Estados Unidos, e sentenciar, ordenar e instruir como um velho negreiro colonial. Porque já cometeram os mesmos erros, não deixam que os países mais jovens os cometam. A raiz do paternalismo é essa mesmo: roubar dos filhos um dos mais viscerais, saborosos e úteis condimentos da vida, o erro.

Stefan Zweig, que no livro "Brasil, País do Futuro", perde-se em elogios à terra que o acolhe, não deixa a determinada altura de ralhar com os rios brasileiros demasiado sinuosos, ao contrário dos Renos e Danúbios retilíneos a que os seus olhos austríacos estavam habituados. Não, não devemos mudar o curso dos rios, devemos deixar que o Brasil flua, mesmo que angustie não tanto aquilo que o Brasil é, mas a diferença entre aquilo que é e aquilo que podia ser. Mesmo que 70 anos depois de Zweig o Brasil continue a ser um país de futuro e não de presente...

O BRASIL É UM PAÍS VIOLENTO, MATA-SE MUITO POR MOTIVO FÚTIL; OS BRASILEIROS PASSAM, COMO SE FOSSEM CRIANÇAS GRANDES, DA MAIS SINCERA DELICADEZA À MAIS COMPLETA IGNORÂNCIA EM SEGUNDOS

E mais: a mim, apesar de tudo um gringo, compete-me ficar deslumbrado com as belezas naturais, encantado com a gastronomia local e comovido com a hospitalidade indígena e ponto final.

"E os clubes, meu querido, estão falidos, negociando com o governo um perdão fiscal", recordou o Fábio, acordando-me dos meus devaneios existenciais.

Sem dúvida: os clubes brasileiros são geridos como eram geridos os portugueses (que não são nenhum exemplo de administração) na década de 1970. Vendem jogadores, recebem fortunas da televisão, pagam menos impostos que as outras empresas mas seguem, pobrezinhos, de mão estendida.

A riqueza, aliás, de clubes, de instituições e dos próprios países é um estado passageiro no meu velho Portugal e no meu jovem Brasil. Desde que há uns 500 anos os portugueses descobriram o caminho marítimo para a Índia, descobriram também o caminho para o desperdício. Não adianta: Portugal, um país em crise por definição, sempre que dribla a tal crise, acaba por lhe entregar a bola de novo. Os portugueses não têm vocação para gestores de ativos, preferem gerir passivos, situações-limite. No fundo, gostam é de crises.

Os brasileiros, por herança genética ou não, também. Veja-se o caso da suposta boa notícia da descoberta de petróleo ao largo do Rio de Janeiro e do Espírito Santo: os estados produtores estão zangados porque lhes querem tirar uma parcela dos lucros, os estados não produtores também porque não os deixam dividir o bolo à sua maneira, o governo federal puxa os cabelos porque não sabe como gerir o diferendo, a presidente tem insónias porque quer aplicar em educação e não consegue, a oposição e a imprensa reclamam porque dizem que está tudo errado, as grandes petrolíferas internacionais desistem da extração porque lhes dá mais dores de cabeça do que lucros, o governador carioca ameaça que, sem a fatia pré-estabelecida, não há Jogos Olímpicos para ninguém, porque não há dinheiro. E assim sucessivamente. É-nos, a nós portugueses e brasileiros, muito mais fácil gerir penúrias do que administrar fortunas. Ó meu Deus, como éramos felizes antes de descobrir o raio do pré-sal, deve exclamar Dilma Rousseff.

Finalmente: Pacaembu. Mesmo antes de estacionarmos, um sujeito aproxima-se do carro para limpar o vidro com a manga da camisa.

"Cara, não tenho trocado", diz o Fábio para o garoto.

"Mas eu tenho aqui a maquininha", responde ele.

O rapaz, que limpa o carro com a manga da camisa, pode receber com cartão de crédito. Em duas palavras: São Paulo. Bem-vindos a São Paulo.

Vivi em São Paulo três meses, mal cheguei ao Brasil depois da vida inteira em Lisboa e antes de optar por Ribeirão. Como diz Caetano Veloso, Sampa foi um difícil começo, mas no fim já podia curtir a cidade numa boa. Quis emigrar para o Brasil porque sempre me fascinaram as duas coisas: emigração e Brasil. Com uma mulher brasileira e Portugal paralisado, era agora ou nunca. Fiz-me correspondente de alguns dos mais influentes jornais do meu país; a minha mulher assegurou um emprego bem pago no coração da cidade. Tudo certo. No dia da viagem transatlântica para um mundo novo, no entanto, ela deixou no ar a possibilidade de estar grávida. E no primeiro dia em Sampa já estávamos numa farmácia para fazer o teste. Positivo. O emprego dela caiu e os meus, só razoavelmente bem pagos, tornaram-se insuficientes para sustentar uma família de três pessoas. Três? Não, quatro, ela estava grávida de gémeas. Em três meses procurámos apartamento debaixo das tempestades de janeiro, sob os enjoos dela e as dúvidas dos dois, sem planos de saúde para partos caso quiséssemos ficar nem dinheiro no banco caso optássemos por voltar à base lisboeta, e quando encontrávamos a casa ideal batíamos na muralha burocrática brasileira. E assim fomos para Ribeirão, onde mora a minha sogra.

A experiência paulistana durou três meses mas foi intensa – nem faz sentido viver em Sampa sem intensidade. São Paulo é uma vertigem. É o mundo todo, todos os dias, 24 horas por dia. É hostil à primeira, segunda, terceira vistas (mas gentil como poucas cidades a partir da quarta ou quinta). Ao contrário do maravilhoso Rio de Janeiro que sempre me pareceu uma cidade de uma tribo só – esses tais de cariocas –, em Sampa cabem magnatas, banqueiros, *yuppies*, pequenos e grandes empreendedores, *workaholics*, maloqueiros, marginais, imigrantes de segunda, terceira e quarta gerações, italianos, libaneses, sírios, judeus, japoneses, coreanos, chineses, portugueses, nordestinos, cariocas fora d'água, *hippies*, *punks*, ativistas gays, *skinheads*, *rockabillys*, metaleiros, grafiteiros, rastas, *geeks*, góticos, *nerds*, fashionistas, *playboys*, famosinhos, rolêzeiros, craques, craqueiros, traficantes, poetas, artistas, pseudoartistas, católicos, evangélicos, espíritas e budistas. A cidade não é de ninguém, é de todos eles. Por isso é que quem chega, primeiro assusta-se, depois ajusta-se.

"Um abraço parceiro, bom jogo, tudo de bom pra você e pra sua família, meu querido! Cuidado com as torcidas organizadas e os assaltos".

O Fábio, simpático e caloroso como a esmagadora maioria dos seus compatriotas, revelou-se ótimo companheiro de viagem – provavelmente melhor do que o meu amigo ribeirão-pretano que me falhou. Dos conselhos de Fábio retenho o "cuidado com as torcidas organizadas e os assaltos".

O Brasil é um país violento, mata-se muito por motivo fútil, os brasileiros passam, como se fossem crianças grandes, da mais sincera delicadeza à mais completa ignorância em segundos – todos os indicadores o assinalam. Mas, ao contrário da perceção geral, é, dos anos 1980 para cá, cada vez menos violento – como também todos os indicadores assinalam. Por outras palavras, os brasileiros não são paranoicos – o país é violento, não tenhamos dúvidas – mas cultivam, em certa medida, a paranoia, regada por telejornais em que, em vez dos números da diminuição factual da criminalidade, os protagonistas são cada vez mais o crime e os criminosos.

Uma vez, numa noite chuvosa em São Paulo, vi um rapaz chegar de moto à entrada de um prédio, olhar para todos os lados com ar nervoso, sacar de um objeto na direção de um porteiro assustado e partir novamente a todo o gás com o dinheiro do pobre porteiro. Pensei: finalmente assisti a um assalto no Brasil. Quando me aproximei do porteiro percebi que o objeto que o motoboy mostrara era uma pizza e que o dinheiro que ele levara era o correspondente ao preço dela. Mas tanto eu, a testemunha, como o porteiro e o motoboy, os protagonistas, sentimos receio, susto, inquietação. Eu da situação, o motoboy do porteiro, o porteiro do motoboy e os dois de um eventual ladrão que aparecesse. E, afinal, ocorreu a mais trivial das transações, entre dois brasileiros simples e estruturalmente honestos, como a maioria da população.

> "A gente gosta de bater nos porco
> De dar porrada e de dar paulada
> A gente bate, bate, bate forte
> e não quer paraaaaar!"

Estava eu a teorizar mentalmente sobre a preocupação exagerada dos brasileiros com a segurança quando ouço um núcleo de adeptos da terrível Gaviões da Fiel, torcida do Corinthians, a ameaçar os porcos – palmeirenses – de porrada. Sinto, necessariamente, vontade de me recolher no primeiro restaurante que vejo.

E tenho tempo até para jantar. Não são ainda 20 horas, eu já estou a poucos metros do estádio e o jogo é só às 22. Obrigado, TV Globo, por atirares o futebol para depois da novela – o pior vai ser à saída: o jogo a que eu vou assistir começa hoje mas acaba quase amanhã.

A Globo é um mundo, não é preciso viver no Brasil para saber isso, basta ser português, como eu, e ser (desde os meus cinco anos, quando "Gabriela" parou o pequeno país sul-europeu) inundado pela cultura brasileira, da ótima à péssima, através do formidável gigante da comunicação.

Em quatro anos, assisti a mudanças na Globo. O slogan "o povo escolheu a Globo" podia até ter sido mudado para o "a Globo escolheu o povo". No jornal da manhã enviaram um apresentador amante de música erudita para Londres e substituiram-no por um apaixonado de rodinhas de samba; nas novelas, as antes raras favelas e lajes tornaram-se cenário predileto no lugar do Leblon e do Jardins; o eletrobrega e o tecnoforró ocuparam o espaço sonoro do João Gilberto ou do Tom Jobim; o sangrento UFC, de desporto proscrito virou aposta comentada pelo narrador sénior da emissora, obrigado a trocar o conforto monegasco pelos ringues octogonais; as intrigas palacianas de Brasília foram empurradas para o segundo bloco do telejornal porque o primeiro foi assaltado pelos criminosos de pistola na mão; igual só mesmo o terceiro bloco, aquele em que entra o futebol e por isso os âncoras abrem um sorriso instântaneo para que o subestimado povão entenda a diferença entre assunto sério e bola.

## É-NOS, A NÓS PORTUGUESES E BRASILEIROS, MUITO MAIS FÁCIL GERIR PENÚRIAS DO QUE ADMINISTRAR FORTUNAS

O povo já não precisa do sorriso da Patrícia Poeta para entender a diferença porque, como a Globo, o povo também mudou. As manifestações de junho de 2013, num jeito atabalhoado mas certeiro, demonstraram-no.

No Brasil, os três F que caracterizaram o Portugal salazarista – fado, futebol e Fátima – podem ser toscamente adaptados a folhetim, festa e, outra vez, futebol. Os três ópios foram bastando para manter entretido durante décadas um povo que não se percebe se é genuinamente feliz ou alienadamente eufórico. Com uma novela das oito animada, com um carnaval em Fevereiro e outros carnavais fora de época, e com jogos de futebol à quarta-feira e ao domingo, os brasileiros foram conduzidos a esquecer o resto. Mais: a nem querer saber do resto. Mais ainda: a querer curtir e que se dane o resto. E se houver pleno emprego e se milhões passarem à sociedade de consumo, então aí é que os brasileiros têm mesmo a obrigação de esquecer o resto, certo? Errado.

O poder enganou-se. O poder, note-se, é muito mais do que Dilma Rousseff ou quem se sentar no Planalto: é a selva de quase 30 partidos montados como quem monta um negócio com o objetivo de chantagear o Executivo, oferecendo apoio em troca de feudos no governo, em mensalões diários, consentidos, a céu aberto. E é a tal rede de televisão a quem interessa acima de tudo que nada mude – não por acaso, é ela quem fornece o principal folhetim, o melhor carnaval e a maior quantidade de futebol.

O poder enganou-se porque ao permitir que nos últimos anos o povo garantisse direitos que nunca sonhou garantir, tornou os seus cidadãos mais exigentes, mais mobilizados, mais indignados, mais esclarecidos. É assim que se derrubam ditaduras. Por isso, a nenhuma ditadura interessou cidadãos exigentes, mobilizados, indignados, esclarecidos.

O povo, ao perceber que o país afinal pode dar certo, já não admite que dê errado.

"Você não quer comer uma brasileiríssima feijoada?", sugere-me a empregada ao perceber, pelo meu sotaque, que não sou paulistano e que pretendo experimentar algo típico.

Eu como feijoada desde que nasci – feijoada à transmontana que, mais couve portuguesa menos couve mineira, certamente terá inspirado a versão tropicalizada do prato.

## NO BRASIL, OS TRÊS F QUE CARACTERIZARAM O PORTUGAL SALAZARISTA – FADO, FUTEBOL E FÁTIMA – PODEM SER TOSCAMENTE ADAPTADOS A FOLHETIM, FESTA E, OUTRA VEZ, FUTEBOL

Este pensamento de paternidade cultural leva-me a outra reflexão: dias antes da viagem a propósito do Corinthians-Palmeiras, lera um texto do antropólogo Roberto Damatta, "A Antropologia do óbvio", em que o autor diz que a relação do país com o futebol é tão forte que muitos brasileiros se esquecem que foi inventado na Inglaterra e pensam que ele é, como a mulata, o samba, a feijoada e a saudade: um produto brasileiro. Noites antes, ouvira de Ziraldo, talentoso artista brasileiro, que uma das suas mais famosas criações, "O Menino Maluquinho", foi assim chamado porque só no Brasil se usa o sufixo "inho". Este tipo de intervenção é muito comum no Brasil, vinda, para meu espanto, de uma elite viajada e culta.

Não sei se os americanos acham que o *Five o'clock tea* nasceu em Boston ou se os mexicanos acreditam que ninguém antes deles se lembrou de matar touros numa arena, mas caros Damatta e Ziraldo: a feijoada, como disse acima, dou de barato; o samba, de raiz angolana, também; e a mulata, idem, embora a discussão nos levasse muito longe, da Europa à África; agora a "saudade" e o "inho", produtos brasileiros? Provavelmente a bisavó de Pedro Álvares Cabral já se teria queixado em mil quatrocentos e troca o passo que estava cheia de saudades do bisnetinho Pedrinho. Não que o nostálgico sentimento ou o carinhoso sufixo enriqueçam o património afetivo lusitano, mas esta coisa de se achar que a humanidade foi fundada em 1500 ou que o mundo nasceu em 1822 diverte. Chamo-lhe a Síndrome Carmen Miranda, em homenagem à mais brasileira das cantoras e atrizes, nascida no Marco de Canavezes, ali entre Douro e Tâmega, pertinho (o tal sufixo) do Porto, no norte do meu saudoso (o tal sentimento) Portugal. Bom, pelo menos, há no Brasil a consciência de que o *british football*, a que o talento brasileiro tanto acrescentou, é apenas filho adotivo.

Agradeço mas recuso: feijoada é pesado demais.

Opto por um Bauru – esta sim uma criação brasileira e paulista – e a cada mordida sinto o pão, o rosbife, o tomate, o queijo etc., numa sinfonia de sabores deliciosos e fortes. Comparo a experiência paulistana ao prazer nova-iorquino de um cachorro-quente comido anos antes: faltará ao Bauru e ao *hot dog* subtileza gastronómica, dirão os puristas, mas no Brasil e nos Estados Unidos come-se para ter sensações jovens, fortes e rápidas. Por alguma razão dizem que as enriquecidas pizzas de Nova Iorque e de Sampa são melhores do que as originais napolitanas.

Tal como nos Estados Unidos (o primo do norte em quem o Brasil se revê e se quer rever – para o bem e para o mal), não é só na mesa que as sensações têm de ser jovens, fortes e rápidas. Na política e na religião os comícios e os sermões são espetaculares e teatrais; na justiça, a pistola, para alegado uso pessoal, faz parte de uma e de outra culturas; os suspeitos antes mesmo de serem julgados são mostrados de algemas na mão na televisão; a televisão e o cinema fazem produções colossais, emocionalmente excessivas, ora nas novelas de uns, ora nos filmes de ação de outros; de Malibu a Ipanema caminham corpos impecavelmente corrigidos ou não fossem os dois países aqueles com mais intervenções plásticas do mundo em números absolutos e relativos; no desporto, os americanos não concebem a figura do empate em nenhum dos seus jogos prediletos, só o perder e o ganhar, o matar ou o morrer, e os brasileiros, no seu íntimo, preferem a emoção dos mata-matas à justiça morna dos pontos corridos; antes de começar o jogo, o hino, sempre, porque rende uns minutinhos de emoção extra; depois de acabar, os vencedores vencem tudo e os perdedores perdem tudo, num mundo sem rede onde podemos contar connosco próprios e pouco mais.

Tornando as minhas considerações mentais um exercício de futilidade, à saída do restaurante um pobre pedinte, o tal perdedor, na sociedade como no jogo, faz-me voltar à realidade:

"Uma ajuda, manô!"

As diferenças de classe, por mais que o termo soe medieval, são, muito antes do racismo, a maior chaga social do Brasil. O país que reduziu a desigualdade com uma eficiência considerável desde o início do século, ainda comporta opiniões como a daquela *socialite* para quem deixou de ter graça ir a Paris ou a Nova Iorque fazer compras porque o porteiro também já consegue ir. Ou, como alguns moradores daquele nobre bairro paulistano, que impediram a construção de uma estação de metrô na vizinhança porque o único transporte que resulta na cidade facilitaria a chegada de "gente diferenciada" ao local. A elite, ou suposta elite, de quem se espera modernidade, é afinal reflexo de atraso.

Falemos de futebol, que é melhor: esse fenómeno que iguala o rico, o pobre, o remediado, o branco, o preto e o índio debaixo do mesmo uniforme, do mesmo grito apaixonado, do mesmo insulto ao juiz. Até porque a hora do jogo está perto.

No Brasil, os estados das duas principais cidades, Rio e São Paulo, têm cada um quatro clubes grandes. E cada um tem o seu semelhante do outro lado, por mais que as diferenças, felizmente, tendam a esbater-se. Se por um lado o Palmeiras é o clube da colónia imigrante italiana, a maior e mais influente de São Paulo, o Vasco da Gama é o produto da maior e mais influente das colónias de imigrantes do Rio de Janeiro, a portuguesa. Como o São Paulo representa os ricos paulistanos, o Fluminense também costuma ser a escolha da elite carioca. Santos e Botafogo têm torcida menor mas lembranças maiores, o que se traduz em seguidores mais velhos, do tempo em que dominavam o futebol brasileiro, o tempo de Garrincha e de Pelé, um tempo a preto e branco como os seus uniformes. Sobram Flamengo e Corinthians, os clubes de quem não se sente nem português nem italiano, de quem não se reduz a um estrato social, de quem não pertence a uma geração ou outra – Fla e Timão são o resto, as sobras, e talvez por isso são os mais populares, são os mais contracultura, são os mais brasileiros. Dentro deste panorama, há rivalidades de séculos como a entre Palmeiras e Corinthians, dois clubes nascidos da mesma raiz que tomaram rumos diferentes, e cuja história é construída de centenas de episódios – eu vou assistir, *in loco*, a um deles!

À medida que me aproximo do estádio, o frio na barriga começa a dominar-me, a excitação da nova experiência, o medo da multidão desgovernada, dos tais assaltos e das tais torcidas organizadas, misturado com a concentração exigida a quem, afinal de contas, está a trabalho. De repente, nas imediações da entrada que diz *"Press"*, sinto um arrepio – um daqueles arrepios que chegam a corar-nos o rosto, como quando nos damos conta de que nos falta alguma coisa. Confiro tudo: tenho o computador na mochila, a carteira, o celular, a confirmação de credencial, tudo. O que falta? Olho a fila de colegas jornalistas e o arrepio aumenta. Por que será?

Finalmente entendo: falta-me tecido. Todos estão de calças, apesar de estarmos no auge do verão, menos eu, de bermudas. Para uma viagem longa e cansativa de ônibus, nem me ocorreu vestir calças. No entanto, num dia quente do verão anterior fora impedido, por estar de bermudas, de entrar nos estúdios da TV Bandeirantes, onde tinha marcada uma entrevista com o ex-jogador e hoje comentarista Neto, e durante a Taça das Confederações, pelo mesmo motivo, não conseguira entrar na redação de um jornal em Fortaleza, cidade quase na linha do Equador, onde ia comprar fotografias que me interessavam.

O Brasil é solene, eu tinha-me esquecido. O país sinónimo de descontração para o resto do planeta é solene. E púdico. As mulheres podem mostrar quase tudo na praia mas são obrigadas a usar biquínis, os biquínis mais minúsculos do mundo, mas ainda assim biquínis. As canelas dos jornalistas são, no fundo, como os mamilos das mulheres: proibidos de revelar. Mesmo num estádio de futebol, onde os jogadores jogam de calções, os árbitros arbitram de calções e as torcidas torcem em tronco nu, os jornalistas têm de manter a canela tapada não vão escrever algo erótico ou ordinário ou despudorado por sentirem um frescor na tíbia. Tudo bem, não é hora de me indignar, é hora de rezar para que o porteiro não note, passar escondido por trás de dois colegas, distraí-lo, qualquer coisa. Irónico: eu, que tanto me queixo do jeitinho brasileiro , a pensar num jeitinho de escapar. A ocasião, de fato, faz o ladrão.

"Tudo certo", diz-me o porteiro, com voz doce, a olhar para a credencial. "Só tem um problema... Você está de bermudas e a federação paulista não permite..."

Olho para ele, suplicante, recordo-me da euforia etílica com que tinha combinado com o meu amigo a presença neste jogo dias antes, da viagem de quatro horas e meia num ônibus lotado, mais as duas em zigue-zagues paulistanos nas mãos do Fábio, do dia inteiro de trabalho perdido em troca daqueles momentos. Sei que se for para a fila comprar um ingresso comum já não terei tempo de ver os primeiros 20 minutos, colocarei o meu computador em risco no meio da turba inflamada e ainda perderei acesso às zonas de entrevistas no final, no fundo, a mais valia profissional da minha empreitada. Não, não posso ficar de fora. E então minto, digo que venho diretamente de Portugal, e não de Ribeirão, de propósito, que é criminoso deixar-me à porta, que não pode ser, que não pode mesmo ser. Ele parece genuinamente preocupado, olha para as minhas canelas trémulas, fita um bando de fiscais uns metros ao lado, parece que me vai dar permissão, mas hesita, hesita, hesita. Eu perco a paciência, como o bêbedo barrado à porta da discoteca da moda e arrisco tudo: "Amigo: sim ou não?" Ele olha-me, sorri, mas dispara o tiro fatal no meu coração:

"Então, meu querido, sabe o que acontece? Infelizmente nesse momento..."

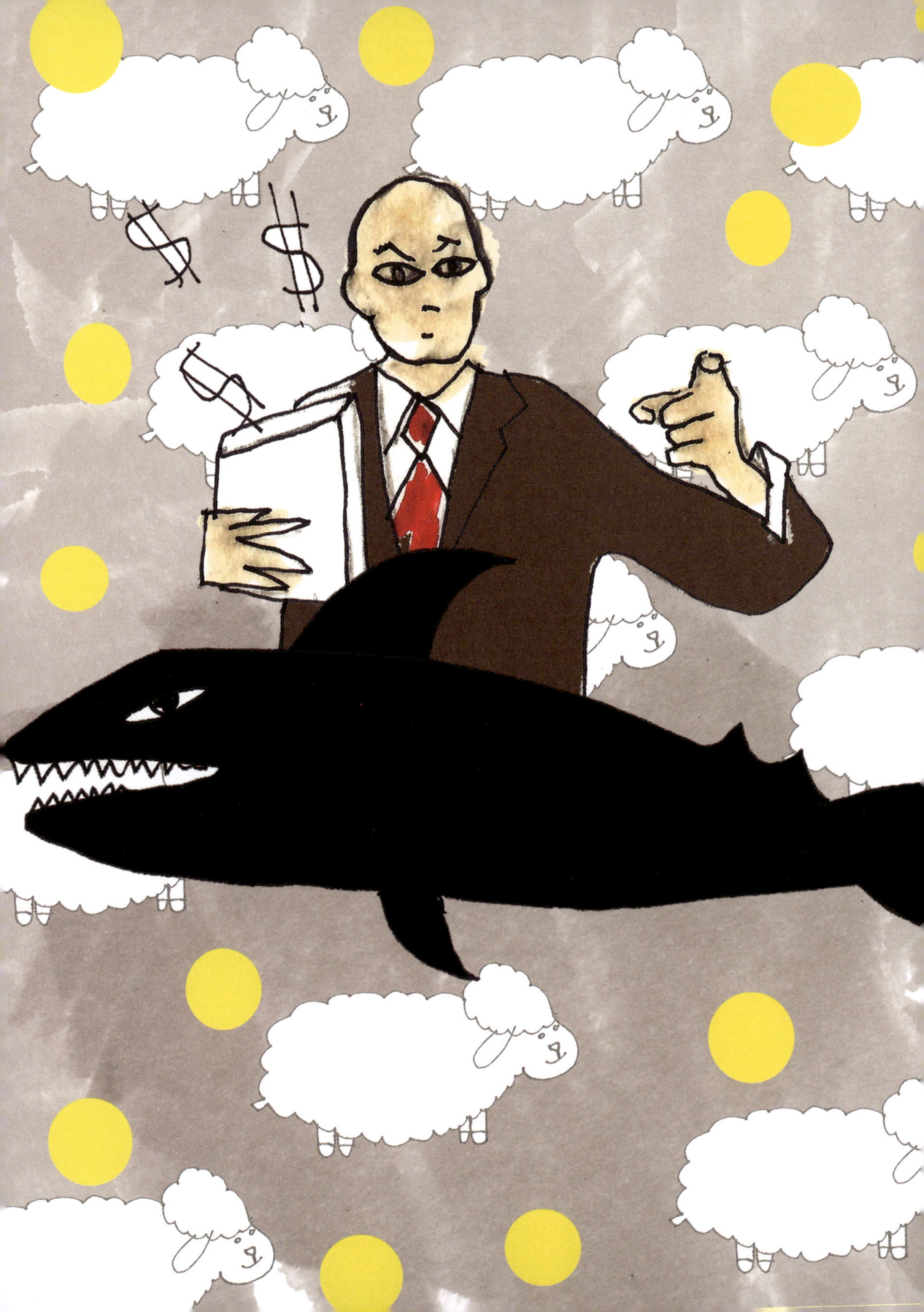

Lamia Oualalou

MARROCOS

# JESUS TE AMA

"Aguardo até segunda uma posição de Marina. Se isso não acontecer, na terça será a mais dura fala que já dei até hoje sobre um presidenciável." A mensagem publicada no Twitter pelo pastor Silas Malafaia, no sábado, 30 de agosto, talvez fique para a história como um dos episódios marcantes da campanha eleitoral de 2014. Na véspera, Marina Silva tinha acabado de apresentar seu programa. Ela tornara-se candidata à presidência menos de dez dias antes, depois da morte de Eduardo Campos, o candidato pelo PSB (Partido Socialista Brasileiro), em um acidente de avião. De imediato, ela quebrou um tabu ao propor, caso fosse eleita, o seu apoio a uma legislação favorável ao casamento civil entre homossexuais. Uma posição surpreendente e corajosa, ainda mais considerando que a candidata nunca escondera ser evangélica, e muito praticante.

Enquanto os progressistas de todas as tendências políticas comemoraram, o mal-estar se instalou nos movimentos sociais mais próximos do PT, que esperavam um gesto similar da presidente Dilma Rousseff, candidata à reeleição. Algumas horas após a publicação da mensagem do pastor Malafaia, no entanto, Marina Silva fez uma repentina marcha atrás, alegando "engano" no programa redigido. O entusiasmo cedeu lugar à indignação e à revolta.

Na prática, os homossexuais podem se casar no Brasil desde maio de 2013, após uma decisão favorável do Supremo Tribunal Federal, uma vitória alcançada pelas associações militantes. Mas, segundo Jean Wyllys, único deputado federal a assumir sua homossexualidade: "Trata-se de uma jurisprudência que pode ser questionada por juízes conservadores no futuro. Enquanto não tivermos uma lei, nossos direitos não estão protegidos." Nos países vizinhos a legislação a esse respeito já foi alterada, mas no Brasil nenhum candidato tem a ousadia de se atrever nesse ter-

## JORNALISTAS SUPOSTAMENTE ESCLARECIDOS PERGUNTAVAM-ME O TEMPO TODO SE EU ERA MUÇULMANA, SE EU E OS MEMBROS DA MINHA FAMÍLIA ÉRAMOS RELIGIOSOS, SE ELES ACEITAVAM O FATO DE EU NÃO SER PRATICANTE

reno. Ao levantar esta bandeira, Marina Silva parecia, pela primeira vez, dar um conteúdo real à sua proposta de "terceira via". Mas sua propalada "nova política" não resistiu à pressão dos setores evangélicos mais conservadores.

Mais uma vez, como em 2010, a religião terá forte influência no processo eleitoral. O tema me fascina. Desde as minhas primeiras viagens ao Brasil, há doze anos, antes da minha mudança para o Rio de Janeiro, em 2007, eu senti o quanto a espiritualidade e o misticismo, até mesmo mais do que a religião, imbuíam o cotidiano do país. Marroquina, nascida em Rabat, onde vivi até os 18 anos, cresci em um contexto muito diferente. Embora minha família não seja praticante, tudo, da natureza do Estado até a obediência ao Ramadã, nos lembra que o Islã é onipresente. A guerra que destruiu a vizinha Argélia nos anos 1990 acabou dando à religião um tom pesado e doloroso.

Ao chegar na França, em 1993, achando que iria encontrar um Estado laico, me deparei com realidades perturbadoras. A retórica da guerra de civilização, que anos depois acabaria popularizada pelo presidente norte-americano, George W. Bush, já começava a se instalar na sociedade. O passado colonial francês não ajudava. Os colegas de trabalho, jornalistas supostamente esclarecidos, perguntavam-me o tempo todo se eu era muçulmana, se eu e os membros da minha família éramos religiosos, se eles aceitavam o fato de eu não ser praticante, se eu tomava vinho...

A mudança para o Rio foi um verdadeiro alívio nesse sentido. Os brasileiros não são apenas dinâmicos, abertos e simpáticos. Problemas não faltam, mas a população me parece, sobretudo, profundamente tolerante. Aqui meu nome é visto simplesmente como "diferente", sem falar do meu sobrenome, cujo excesso de vogais deixa qualquer um tonto. Mas ninguém quer saber em qual posição eu rezo, se eu respeito o jejum do Ramadã ou se as mulheres da minha família usam o véu. Vários católicos que conheço frequentam regularmente cultos de candomblé. Entrevistando um pai de santo da umbanda, que também se declarava muçulmano, descobri que ele já havia feito a peregrinação à Meca. Um sincretismo fascinante.

Com o tempo, percebi que não se trata apenas de tolerância, mas sim de uma incrível capacidade de acolher todos aqueles que chegam. Muito rapidamente, aos olhos dos que encontro, sou considerada quase brasileira, principalmente depois do nascimento da minha filha Maya, no Rio de Janeiro. O Brasil nos "devora" ao negar um pouco o nosso passado, o que é algo maravilhoso e relaxante após 15 anos na França, um país que aponta permanentemente a diferença. Mas também é um pouco desconcertante. Como correspondente estrangeira, acabei descobrindo – ao cobrir temas ligados à religião – uma realidade bem mais complexa e, em certos aspectos, preocupante. As eleições de 2010, marcadas pelo debate fundamentalista sobre o aborto, já tinham me assustado. Nos anos seguintes, a sucessão de recuos do governo da presidente Dilma diante dos conservadores e as fanfarrices do pastor Marco Feliciano no parlamento completaram o quadro.

Lembrei-me, então, das minhas reportagens no resto da América Latina. Tarde da noite, após o envio de um artigo ou do retorno de um bar, às vezes ligava a televisão e caía inevitavelmente em canais com pastores evangélicos pregando em espanhol, mas com um forte sotaque brasileiro. Quando manifestava minhas preocupações com a explosão da religião nos campos político e social, muitos amigos brasileiros as achavam infundadas. Será que eu exagerava? Ou seria preciso vir de um país onde a religião é onipresente para ficar alerta em relação às metamorfoses em curso?

Quando Marina Silva recuou sobre a questão do casamento gay, um dos primeiros a levantar a voz contra ela foi Milton Hatoum. Autor de ótimos livros ("Dois irmãos", que me encantou, foi um dos primeiros romances brasileiros que eu li), Milton é apresentado na imprensa local como amazonense. Para mim ele é, antes de tudo, um descendente de libaneses. Milton é fascinado por Beirute e, mesmo tendo nascido em Manaus e vivendo em São Paulo, ele também é profundamente ligado ao Oriente Médio, onde é impossível fugir da influência das religiões em todas as esferas da vida cotidiana. Talvez por isso ele tenha se irritado e reagido no momento em que Marina se submeteu às exigências de Malafaia. De imediato, ele enviou uma carta ao portal UOL retirando seu apoio à candidata. No seu escritório, em São Paulo, um refúgio de paz na barulhenta metrópole, ele me confidenciou: "Dou inúmeras entrevistas para dizer que não votarei mais nela. Agora faço até campanha contra; que os pastores tenham tal poder sobre ela é inadmissível. Marina Silva é totalmente refém dos fundamentalistas." E concluiu, alarmado: "Com a força das igrejas evangélicas, o Brasil está colocando a questão religiosa no centro da sociedade, algo inédito."

A preocupação de Milton vai muito além de uma eleição. Na realidade, assistimos a uma revolução do cenário religioso no Brasil. Em 1970, 92% da população se declarava católica, segundo o Instituto Brasileiro de Geografia e Estatística (IBGE). Em 2010, os católicos passaram a 64,6%, ou seja, uma diminuição de 28 pontos percentuais. "O Brasil é o único grande país a conhecer uma mutação profunda do seu cenário religioso em um intervalo de tempo tão curto", aponta José Eustáquio Alves, demógrafo da Escola Nacional de Ciências Estatísticas (ENCE) do Rio de Janeiro. O motivo: a expansão do número de evangélicos, que passou de 5% para 22%. Com 123 milhões de fiéis, o Brasil continua sendo o maior país católico do mundo, "mas não por muito tempo", afirma Alves. Ele calcula que os dois grupos vão se equiparar até 2030.

Enquanto o percentual de protestantes tradicionais estagna, as igrejas pentecostais e neopentecostais continuam crescendo. Segundo o demógrafo, é entre jovens e mulheres que a Igreja Católica perde mais fiéis. A taxa de fecundidade das famílias evangélicas, mais pobres e menos instruídas, é superior à média. "Além disso, os evangélicos são mais militantes. Eles construíram uma base social e criaram verdadeiras comunidades", afirma Alves.

O cenário urbano é o maior retrato dessa transformação. No Rio de Janeiro, a Cinelândia, onde ficam o Teatro Municipal e a Biblioteca Nacional, deve seu nome aos grandes cinemas, que, por décadas, lotaram a região. As salas praticamente desapareceram. No lugar dos cartazes exaltando as estrelas de Hollywood, hoje temos painéis em néon com orações a Jesus. As igrejas recorrem a uma criatividade surpreendente na hora de escolher seus nomes. Ao lado das pioneiras "Igreja Universal" ou "Assembleia de Deus", encontramos também diferentes variações, como "Igreja Mundial", "Igreja Internacional", "Deus é amor", "Assembleia de Deus Raiz de Davi". O Rio de Janeiro não é uma exceção: em todos os centros urbanos, cinemas, teatros e grandes galpões abandonados são transformados em gigantescos lugares de culto, onde milhares de pessoas se reúnem várias vezes por semana.

Nas periferias e nas favelas ocorre o fenômeno contrário: uma multiplicação de pequenos templos, frequentemente localizados entre uma garagem e um bar. "Uma capacidade de adaptação à nova geografia urbana que a igreja católica foi incapaz de apreender", ressalta Cesar Romero Jacob, professor de ciências políticas da Pontifícia Universidade Católica do Rio de Janeiro, PUC. Ele lembra que, durante séculos, o cenário urbano latino-americano foi marcado por cidades criadas ao redor de uma praça central, onde ficavam a prefeitura e uma igreja católica. Configuração essa completamente alterada pelo crescimento brutal das cidades, pelas ondas de imigração e pela persistência das desigualdades. O mesmo se constata na Amazônia, como no centro-oeste, ao longo da fronteira agrícola em processo de expansão, um verdadeiro faroeste moderno.

O geógrafo francês Hervé Théry, professor da Universidade de São de Paulo (USP), estuda há anos o processo de ocupação da fronteira agrícola. "Cada vez que eu chego a um lugar que acabou de ser ocupado, já existem três barracos de madeira, uma farmácia e um templo, ou seja, tudo o necessário para tratar o físico e trazer certo conforto espiritual em regiões tão difíceis", relata Théry. Ele se depara com a mesma lógica nas periferias das grandes cidades, aonde chegam inúmeros imigrantes de regiões rurais que se instalam em um oceano de pequenos casebres, numa realidade abandonada pelo poder público. "Oferecer assistência social, lazer e o sentimento de ser acolhido é a chave do sucesso dos evangélicos", afirma Théry. "São coisas que a Igreja Católica praticamente deixou de fazer nessas regiões."

Não foi por acaso que o Vaticano escolheu o Rio de Janeiro para a organização da Jornada Mundial da Juventude em 2013. Além do efeito "cartão-postal" assegurado pelo Corcovado e pela multidão de jovens na praia de Copacabana, o estado do Rio é considerado pelos especialistas como o precursor da evolução sociodemográfica do Brasil inteiro: é o mais urbanizado, o de envelhecimento mais acelerado, e aquele onde a taxa de natalidade caiu mais rapidamente. A proporção de católicos baixou para 54%, ou seja, dez pontos a menos que a média nacional. "Isso dá uma ideia da tendência do resto do país", comenta José Eustáquio Alves.

Não se trata de uma média, como explica Cesar Romero Jacob, debruçado sobre um mapa da "Cidade Maravilhosa". Na parte central e nas praias, mais de 75% dos moradores se declaram católicos, inclusive nas favelas, contrariando as teorias sobre correlação entre pobreza e conversão às práticas pentecostais. Por outro lado, a proporção de fiéis católicos cai para 30% em cidades da periferia como Nova Iguaçu, a 30 quilômetros do centro. "A origem dessas mudanças se deve mais à segregação do que à pobreza. Em uma favela do centro da cidade, existe o acesso ao emprego, aos serviços de saúde e ao lazer. Já no subúrbio, muito frequetemente não há nada", resume Cesar Romero Jacob.

Nas periferias, o caos é a chave do desenvolvimento. Erguidas sem autorização, as construções são insalubres. Os postos de saúde são distantes, a rede de esgoto é inexistente. O transporte público é, muitas vezes, gerenciado por máfias ligadas aos políticos locais, enquanto a segurança depende do arbítrio dos narcotraficantes ou, de forma até mais perversa, de milícias de policiais.

Além disso, o tédio é imenso. Em Queimados, na Baixada Fluminense, Elaine Souza não tem nenhuma atividade para propor à filha adolescente. Mesmo tendo sido batizada como católica, hoje, aos 31 anos, ela virou seguidora de várias igrejas evangélicas durante a última década. Faxineira, Elaine passa mais de cinco horas em vans no trajeto de ida e volta de casa para o emprego, em Copacabana, o que lhe permite ver a praia. "Muita gente da minha vizinhança nunca pisou aqui", conta Elaine.

No seu bairro não existe uma biblioteca municipal, uma praça, "nem mesmo uma padaria". Há apenas dois bares minúsculos onde os homens torram seus salários em doses de cachaça. Para Elaine, o templo evangélico na esquina de casa não é apenas um lugar onde ela se sente acolhida em caso de dificuldade, mas representa também o único espaço de lazer. Nesse local são organizados espetáculos para o Dia das Mães e para o Natal, todos cozinham juntos, as pessoas são estimuladas a retomar os estudos, geralmente interrompidos no primário. Levando sua filha ao templo, a jovem mãe espera poupá-la da triste realidade repetitiva das periferias: gravidez precoce ou uma paixão por um soldado do narcotráfico. Em qualquer uma das situações, resultando no abandono da escola prematuramente.

O fluxo de pessoas nesses templos é proporcional à atração que o culto suscita. Estamos longe das missas tediosas celebradas por um padre muitas vezes ausente da vida da comunidade. Durante os cultos, as pessoas cantam, batem palmas, o testemunho de cada um tem uma função de catarse coletiva, muitas vezes associada à expulsão do diabo – tudo sob o olhar de um pastor carismático e falador. Cada um encontra o que procura. Enquanto o Vaticano emite uma mensagem única, que deve ser seguida por toda a população católica, transmitida por padres que passaram por uma longa formação acadêmica e submetidos a rígidos critérios de recrutamento que excluem mulheres e exigem o celibato, é a flexibilidade que prevalece no campo pentecostal. "O protestantismo nasceu dessa liberdade de reinterpretar a palavra divina", ressalta Denise Rodrigues, professora de ciências políticas da Universidade do Estado do Rio de Janeiro, UERJ. "Isso possibilita vários tipos de discursos capazes de atender a diferentes segmentos da sociedade, eis a razão de tal crescimento", explica ela.

Qualquer um pode se designar pastor e focar em um pequeno grupo social com uma mensagem oportuna. Existem pastores rigorosos com relação à maneira de se vestir, outros que exaltam

QUANDO MANIFESTAVA MINHAS PREOCUPAÇÕES COM A EXPLOSÃO DA RELIGIÃO NOS CAMPOS POLÍTICO E SOCIAL, MUITOS AMIGOS BRASILEIROS AS ACHAVAM INFUNDADAS. SERÁ QUE EU EXAGERAVA?

a criação de empresas. Vimos surgir até mesmo o templo "Bola de Neve", destinado aos surfistas, ou a igreja "Atletas de Cristo", que reúne os amantes de futebol. "Assistimos a um verdadeiro fenômeno de segmentação, seguindo as regras do marketing", analisa Mario Schweriner, especialista das relações entre religião e economia da ESPM de São Paulo.

Em uma sociedade tão marcada pela desigualdade como a brasileira, a defesa do *status quo* feita, durante décadas, pela hierarquia católica (o Vaticano reprimiu os religiosos adeptos da Teologia da Libertação, que pensavam em termos de luta de classes), sofre cada vez mais para conseguir repercussão. "Em oposição aos discursos que prometem o paraíso no além em troca de sacrifícios no presente, as igrejas pentecostais oferecem uma forma de materialismo hedonista que promete sucesso aqui e agora", explica o sociólogo Saulo de Tarso Cerqueira Baptista, professor da Universidade do Estado do Pará, UEPA.

Os líderes religiosos aproveitam o vazio deixado pelos políticos, que, em grande maioria, abandonaram todos os apelos à mobilização social contra a desigualdade. "A mobilização social perdeu espaço em relação a esse outro tipo de mobilização religiosa, que apela para a magia e o sobrenatural. Quando uma sociedade se considera impotente para resolver seus problemas pela via social, econômica e política, ela procura enxergar outra significação aos seus problemas sociais, dando a eles um caráter sobrenatural", explica Saulo de Tarso Cerqueira Baptista. "Os problemas se tornam espíritos malignos que se instalaram em nossas vidas, mas que podemos exorcizar." Nos cultos, a falta de trabalho é explicada pelo "encosto" de algum demônio do desemprego. Neste caso, a solução é "amarrar" o demônio que se corporificou na carteira profissional. Assim, os desempregados levantam suas carteiras nos cultos, para que o pastor consiga o "desencapetamento" graças a suas orações milagrosas. Até mesmo o câncer, a AIDS e outras doenças podem ser expulsas por Jesus. "Essas doutrinas não têm mais nada a ver com a teologia protestante, elas constituem uma nova forma de sincretismo religioso", conclui o sociólogo.

Para aumentar as chances de cura ou de solução de problemas, é preciso oferecer ao pastor o dízimo, ou seja, dez por cento da renda mensal de cada fiel. Todas as formas de pagamento são aceitas: dinheiro, cheque, cartão. Nos templos mais modernos, até uma pequena máquina de cartão de crédito circula ao final dos cultos. Algo totalmente legítimo para a maioria dos fiéis: "Eu sei que se eu ficar desempregada, um irmão ou uma irmã da igreja me trará o que comer e um botijão de gás, e vai me ajudar a achar um emprego", justifica Elaine Souza de Lima. Ela acrescenta ainda que o dízimo ajuda os fiéis a não gastar com vícios, como o álcool ou o cigarro.

"Pagar o dízimo significa consolidar o sentimento de pertencer à Igreja, é ter o direito de acesso a um mecanismo de autodefesa da comunidade, em um contexto de ausência do Estado e de desestruturação da família", resume Cesar Romero Jacob. Pouco importa se o pastor enriquece ou se troca sua pequena moto por um carro importado. "Os fiéis não se ofendem com isso, porque em uma visão bem deturpada da doutrina protestante, esse sucesso é prova de uma graça divina, em nome da teologia dita da prosperidade", explica Hervé Théry.

O surgimento de uma nova classe média (cerca de 40 milhões de pessoas saíram da pobreza ao longo da última década) é absorvido de forma eficaz pelos pastores. Para Denise Rodrigues, "Se um indivíduo, que frequenta uma determinada igreja, obtém sucesso material, a tendência é que ele associe esse sucesso à sua prática religiosa e se integre cada vez mais." O sentimento de pertencer à igreja ultrapassa os limites do bairro. Uma vez por ano, os evangélicos são convocados para a "caminhada de Jesus" nas principais capitais do país. Organizados há quinze anos, os encontros costumam concentrar mais de um milhão de fieis, e acabaram se tornando uma demonstração de força – inclusive política.

Se tornar evangélico tem seus códigos e esses, por sua vez, proporcionaram o surgimento de um verdadeiro mercado: veste-se com moda evangélica, escuta-se música evangélica, assiste-se à tevê evangélica. No bairro popular do Brás, em São Paulo, onde se concentra boa parte da indústria têxtil, vimos aparecer uma nova moda evangélica, bem distante dos diminutos biquínis vistos nas praias de Ipanema e Copacabana. A principal marca é a Joyaly, lançada no início dos anos 1990. "Na época, as mulheres evangélicas não tinham outra opção que usar saias longas e feias. Foi o que acabou levando minha mãe a criar a confecção", conta Alyson Flores, que administra a empresa ao lado de sua irmã Joyce, a estilista.

"Existem regras: nada de decotes e transparências, e os ombros devem estar cobertos", explica Joyce enquanto mostra suas últimas criações. "Mas claro que não precisamos parecer com nossas avós. Nada de roupas mal cortadas e cores escuras, eu me inspiro nas últimas coleções europeias, adaptando-as às exigências evangélicas. Um sucesso total!", declara, sorrindo. Na década de 2000, a marca teve um crescimento de sua receita em cerca de 30% ao ano, e se hoje o lucro é menor, é porque outras trinta marcas se lançaram no mesmo mercado. "O número de evangélicas é cada vez maior, elas frequentam os cultos mais assiduamente, são mais seguras de si, querem se sentir bonitas, e assumem a sua escolha espiritual publicamente", se alegra Alyson Flores.

Ainda em São Paulo, no bairro japonês da Liberdade, uma rua inteira, a Conde de Sardezas, é tomada por comércios dedicados aos evangélicos: de camisetas, bonés e xícaras de café exaltando Jesus até lojas de jogos evangélicos. "Esse aqui é um jogo interativo sobre o apóstolo Paulo que permite reunir a família, um enorme sucesso", mostra Antonio Carlos, gerente da loja Total Gospel. Mas é principalmente a Bíblia, o livro mais vendido do Brasil, que alavanca o volume de negócios. "As pessoas as colecionam, alguns dos meus clientes têm vinte ou trinta exemplares", explica Antonio. Grande sucesso de venda, a "Bíblia da Mulher" propõe orações específicas relacionadas à família, ao casamento e até mesmo à tensão pré-menstrual, enquanto que a "Bíblia Sagrada Dourada" é para ficar em exposição na sala de estar.

Em um país onde a pirataria é frequente, o mercado de CDs evangélicos é uma exceção. A cada ano, em média, entre os 20 álbuns mais vendidos, 15 são de cantores religiosos, na maioria evangélicos. Houve também uma notável segmentação: além do tradicional gospel, encontramos ritmos como samba, sertanejo, rock e rap. Há estrelas para todos os gostos: pastores sisudos, gordinhos com chapéus de cowboy, ou jovens e belas mulheres posando

**NO BAIRRO NÃO EXISTE UMA BIBLIOTECA MUNICIPAL, UMA PRAÇA, "NEM MESMO UMA PADARIA". HÁ APENAS DOIS BARES MINÚSCULOS ONDE OS HOMENS TORRAM SEUS SALÁRIOS EM DOSES DE CACHAÇA**

de bem comportadas. O mercado evangélico de música movimenta cerca de 15 bilhões de reais por ano, segundo cálculos de Mario Schweriner. Todas as gravadoras que antes desprezavam esse segmento criaram o seu próprio selo "gospel", a exemplo das gigantes Sony e EMI. "Quando comecei, nós cantávamos nas garagens. Agora, todos os estúdios nos bajulam e muitas estações de rádio dedicam toda sua programação à música gospel", aponta Eyshyla, que, aos 42 anos, é uma das estrelas desse estilo musical. Casada com um pastor que acaba de criar a sua própria igreja, ela cruza o país fazendo shows que reúnem milhares de pessoas cantando seu último sucesso "Jesus, o Brasil quer te adorar!".

Eyshyla é uma das principais vozes da Central Gospel Music, gravadora do pastor Malafaia, líder da Assembleia de Deus Vitória em Cristo, o homem que fez Marina voltar atrás sobre os direitos dos homossexuais um mês antes do primeiro turno das eleições. "Os evangélicos inventaram uma política de comunicação infalível ao fazer uso de grandes cantores", analisa Valdemar Figueiredo Filho, professor da ESPM do Rio de Janeiro: "Os grandes pastores têm primeiro um templo, depois uma rádio, uma televisão, uma gravadora e cantores", ele explica. "Cada atividade alimenta outra".

Foi a Igreja Universal do Reino de Deus, mais conhecida simplesmente como Universal, que mostrou o caminho. Fundada e controlada até hoje pelo bispo Edir Macedo, ela produz a "Folha Universal", uma revista semanal, com uma tiragem de 1,8 milhões de exemplares distribuídos gratuitamente na porta dos templos e nas saídas do metrô. Mas a Universal é, sobretudo, proprietária, desde 1989, da Rede Record, segundo canal de televisão do país. A emissora, em concorrência direta com a poderosa Rede Globo, restringe o conteúdo religioso aos programas noturnos. Ela prefere alugar parte da programação de outros canais de televisão e de rádio para transmitir ritos e pregações, uma prática copiada por dezenas de outras igrejas concorrentes.

Valdemar Figueiredo Filho calculou que mais de um quarto das estações FM das capitais brasileiras é controlado por evangélicos. Além disso, mais de 130 horas de conteúdo são alugadas em quatro canais abertos nacionais, chegando, por vezes, a situações caricaturais, como no caso da Rede 21, que aluga nada menos que 22 horas da sua programação diária a diferentes igrejas evangélicas. "É um desvio total de interpretação da lei", se revolta João Brant, do coletivo Intervozes, uma ONG que milita pela democratização da mídia brasileira. "Os canais de televisão são uma concessão pública, mas os donos revendem horas de transmissão sem autorização", lembrando que a Constituição não permite ceder espaços para conteúdo. "Mesmo se considerarmos estes programas religiosos como publicitários, eles não poderiam exceder um quarto do tempo total", explica Brant. Todos os anos, a ONG Intervozes vai ao Congresso para exigir esclarecimentos a respeito do texto constitucional. "Sempre emperramos no mesmo problema: os projetos de lei são bloqueados pelos deputados ligados às igrejas", lamenta ele.

É exatamente no Congresso Nacional que bate o coração do poder evangélico. A chamada "Bancada evangélica" reúne todos os parlamentares "irmãos na fé", independentemente de suas filiações partidárias. Na legislatura 2010-14, este grupo reunia 73 deputados e 3 senadores: a segunda maior bancada de interesses específicos após a ruralista. Um poder conquistado em poucos anos, já que a entrada dos pentecostais na política é relativamente recente. Até os anos 1970, o protestantismo tradicional brasileiro destacava, sobretudo, a necessidade de um Estado laico, visto o *status* minoritário que eles representavam comparado ao dos católicos.

Embora a Constituição tenha afirmado formalmente o caráter laico do Estado brasileiro já no momento da instauração da República, em 1889, a Igreja Católica nunca deixou a cena política. Ela continuou controlando boa parte do sistema escolar e, dentro da elite política, encontrou seguidores que combatessem os partidários do laicismo e do socialismo. A "Marcha da família com Deus pela liberdade", que reuniu 500 mil pessoas nas ruas de São Paulo, sob a guia da hierarquia católica, em 19 de março de 1964, foi o sinal verde para o golpe militar. Dez dias depois, o presidente João Goulart foi destituído.

"Logo após a ditadura militar, com a popularidade dos pastores/cantores e o aumento crescente das pregações na televisão, os evangélicos perceberam seu poder de comunicação", aponta Denise Rodrigues. "Todas as condições estavam reunidas para transferir essa capacidade de liderança para o campo político", acrescenta ela. O primeiro teste, feito durante a eleição da Assembleia Constituinte, em 1988, foi um sucesso: 33 deputados assumidamente evangélicos foram eleitos. O crescimento, desde então, tem sido permanente, apenas interrompido uma vez, em 2006. Na época, 16 deputados evangélicos não conseguiram se reeleger, envolvidos em um escândalo de corrupção ligado ao desvio de ambulâncias.

Todas as quartas-feiras, pela manhã, os parlamentares evangélicos se encontram para rezar juntos em uma sala do Congresso, acompanhados por um guitarrista. Uma maneira de consolidar a afiliação ao grupo e demonstrar a sua força: de longe ouvimos cantos e pregações nos corredores do parlamento. Uma cena impressionante.

O fortalecimento da Bancada evangélica se deve igualmente à perda de legitimidade dos partidos. De acordo com o sistema eleitoral brasileiro, o número de cadeiras obtidas por cada formação é o resultado da soma dos votos obtidos pelos candidatos e pelos partidos (o eleitor pode escolher uma dessas duas formas de voto), sendo o total dividido pelo número de cadeiras concedidas ao Estado. Na prática, se um único candidato conseguir um grande número de votos, seu partido obterá, após todos esses cálculos (chamados quociente eleitoral), um maior número de

## OS LÍDERES RELIGIOSOS APROVEITAM O VAZIO DEIXADO PELOS POLÍTICOS, QUE, EM GRANDE MAIORIA, ABANDONARAM TODOS OS APELOS À MOBILIZAÇÃO SOCIAL CONTRA A DESIGUALDADE

cadeiras. Uma benção para candidatos carismáticos e famosos, principalmente os que têm espaço na televisão. São os "puxadores de voto", sejam eles religiosos ou não. Em 2010, o deputado federal mais votado do país, com nada menos que 1,35 milhões de votos, foi um palhaço sem nenhuma experiência política, mas extremamente popular, Francisco Everardo Oliveira da Silva, conhecido com o nome artístico de Tiririca. A avalanche de votos obtidos por ele resultou na eleição de 24 candidatos da sua coalizão que, sozinhos, não teriam se tornado deputados.

É essa lógica que rege a cooptação de religiosos em todos os partidos. Soma-se a isso outro elemento-chave: a confiança. "Irmão vota em irmão", resume Denise Rodrigues. Um seguidor de uma igreja evangélica é considerado mais confiável pelos fiéis dessa religião, mesmo quando se trata de outra igreja. Mais assíduos aos cultos, com frequência menos escolarizados e mais pobres, os evangélicos são mais sensíveis à palavra de seus "guias". Silas Malafaia é consciente dessa realidade. Perguntado sobre seu poder político, ele responde sem rodeios nem modéstia. "Ser candidato não me interessa, eu gosto mesmo é dos bastidores. Na esfera municipal, a gente impõe quem a gente quer. Nas últimas eleições, lançamos no Rio de Janeiro um ilustre desconhecido do grande público, porém uma figura importante para os evangélicos. Ele acabou sendo um dos vereadores mais votados", se orgulha Malafaia. Para todas as eleições proporcionais (inclusive as legislativas, federais e estaduais), o impacto é real. "Mas não é o caso de um mandato majoritário, já que os evangélicos estão muito longe de representar a metade do país. Nesse caso, é preciso negociar", pondera Valdemar Figueiredo Filho.

É exatamente o que os evangélicos pretendem fazer. "No segundo turno, vamos sentar para conversar com cada um dos dois candidatos e dizer: você quer o nosso apoio? Você deverá assinar um documento se comprometendo a recusar esse ou aquele projeto de lei. É assim o jogo político", afirma Silas Malafaia. Seja qual for o vencedor, ele terá de aprender a lidar com a bancada evangélica no Congresso. Em 2014, 270 pastores disputaram um mandato de deputado federal, batendo o recorde de 2010, quando foram 193.

No Congresso, os deputados evangélicos têm como meta ocupar os cargos das comissões que tratam de temas da sociedade. Na legislatura passada, 14 dos 36 membros da Comissão de direitos humanos eram evangélicos, o que lhes permitiu intervir nos projetos de lei sobre os direitos dos homossexuais, as drogas ou a educação sexual. Da mesma forma, eles controlavam 18 das 72 cadeiras da comissão da família, onde se discutiu, por exemplo, a questão da venda de álcool e uma eventual flexibilização da lei do aborto. Eles também conservaram, com mais discrição, 14 das 42 cadeiras da Comissão de tecnologia e comunicação, com o objetivo de impedir qualquer lei sobre as concessões de rádio e televisão que restringisse seu poder midiático.

"Como nós só representamos, por enquanto, 15 por cento dos deputados, fazemos alianças com outros grupos para impor o nosso ponto de vista", explica o pastor Paulo Freire, que preside a Frente Evangélica no Parlamento. O apoio mais natural vem de parte dos parlamentares católicos, hostis a qualquer liberalização dos costumes. Mas ocorrem também trocas de favores: obtém-se o apoio da bancada rural hoje, em troca do voto da bancada evangélica amanhã, em algum projeto de lei que os favoreça. "Às vezes, até impedimos o funcionamento do parlamento quando nos ausentamos num dia de votação importante para o governo, o que acaba gerando problemas de quórum e paralisando tudo", relata Paulo Freire, tranquilamente.

Durante o mandato de Dilma Rousseff, os evangélicos conseguiram obter a retirada de um kit educativo contra homofobia distribuído nas escolas e a suspensão de um vídeo de luta contra a AIDS destinado ao público gay. E revelam a mesma eficiência na questão do aborto. "As feministas passaram da conquista de direitos adquiridos à batalha para evitar retrocessos", analisa Naara Nunes, pesquisadora da Universidade Federal do Rio de Janeiro. "Nos anos 1990, 70% dos projetos de lei relativos ao aborto estavam na direção da legalização; nos anos 2000, 78% dos projetos estavam no sentido contrário", aponta Nunes.

Em paralelo, projetos com intenções antiaborto propõem benefícios para as mulheres, como um auxílio para aquelas que criarem um filho concebido em decorrência de estupro. Vários projetos buscam assegurar o direito do nascituro (criança não nascida), até mesmo do embrião *in vitro*. Hoje, a violência sexual é um dos poucos casos em que a legislação permite o aborto no Brasil. "Os evangélicos nunca tiveram tanto peso na agenda política do país como agora", assegura Sylvio Costa, redator chefe da revista "Congresso em foco" de Brasília.

Em 2010, a eleição já havia sido marcada pelo debate sobre o aborto. Entre os dois turnos, a pressão dos religiosos obrigou Dilma Rousseff a deixar de lado suas convicções pessoais e publicar uma carta na qual ela se dizia "pessoalmente" contra o aborto e se comprometendo a não enviar nenhuma proposta de lei ao parlamento no sentido da legalização. Em 2014, uma das disputas se deu sobre o casamento homossexual e a questão da homofobia. "Marina Silva vai certamente receber uma parte dos votos evangélicos, já que ela é membro dessa comunidade. Mas ela precisa tomar cuidado para não parecer dependente demais dos religiosos, senão, a rejeição de uma boa parte da população a impedirá de chegar ao poder", ressalta Valdemar Figueiredo Filho.

É exatamente essa rejeição que me intriga como jornalista. Frequentemente, ela assume um caráter pejorativo a respeito dessa população julgada ignorante e de mau gosto. Protestante tradicional, Valdemar Figueiredo Filho está convencido de que existe uma boa dose de hipocrisia nas denúncias de interferência dos evangélicos na cena política. "O nível de intervenção dos católicos antigamente era considerável, mas era mais sutil. O bispo tinha acesso direto ao governador, enquanto os evangélicos tiveram que montar uma máquina de guerra para eleger seus deputados e conseguir se impor. Mas o Estado laico brasileiro lida com essas forças religiosas desde sempre", continua Valdemar.

Toda a imprensa se escandalizou com a presença de Dilma Rousseff e das principais lideranças de todos os partidos na inauguração do gigantesco Templo de Salomão da Igreja Universal, em São Paulo, no dia 31 de julho de 2014. As visitas anuais à Catedral de Aparecida, a maior do país, ou ao Vaticano, em Roma, por outro lado, são vistas como algo natural, que não merece julgamento ou comentário. "Nem percebemos o quanto a cultura católica está enraizada na cultura brasileira", continua Figueiredo Filho. Para ele, a força dos evangélicos traz uma mudança de estética: no lugar de igrejas centenárias, templos modernos. "A adaptação dos católicos frente a esta transformação é muito difícil, porque ainda está em curso, de maneira muito acelerada", conclui o pesquisador.

A rejeição da influência religiosa na vida política poderia igualmente se explicar pelo crescimento do número de pessoas que se declaram "sem religião" – o que não significa "ateu", mas indivíduos que não se identificam com nenhuma instituição religiosa –, um dos principais fenômenos recentes. Eles eram menos de um por cento até os anos 1970, 4,7% em 1991 e 8% em 2010. Um estudo recente feito pelo Instituto Pereira Passos em favelas do Rio de Janeiro mostra que um terço dos jovens de 14 a 24 anos se declara sem religião. E durante a eleição, vimos aparecer um "grupo do Estado laico" exigindo que os candidatos não transformassem o diálogo com os religiosos em retrocesso dos princípios republicanos.

Mais evangélicos, mais pessoas se declarando "sem religião", crenças afro-brasileiras solidamente estabelecidas na sociedade e o medo da Igreja Católica de perder o seu poder. Para José Eustáquio Alves, o processo de diversificação religiosa é a principal muralha contra a intolerância e as tensões que testemunhamos hoje em dia devido à velocidade com que o cenário religioso muda e cujo processo está longe de ser interrompido. "Passamos de uma sociedade onde a Igreja Católica era hegemônica, ditando suas leis durante séculos para uma sociedade onde será necessário se acostumar às festas e cultos cada vez mais diversos. É o fim do Brasil rural, sem mobilidade geográfica nem social", conclui o demógrafo. Paradoxalmente, é talvez porque o Brasil venha se tornando cada vez mais complexo que a intervenção política dos religiosos ganha mais importância no debate público. Em todo caso, é o que eu espero.

Tradução de Viviane Moura

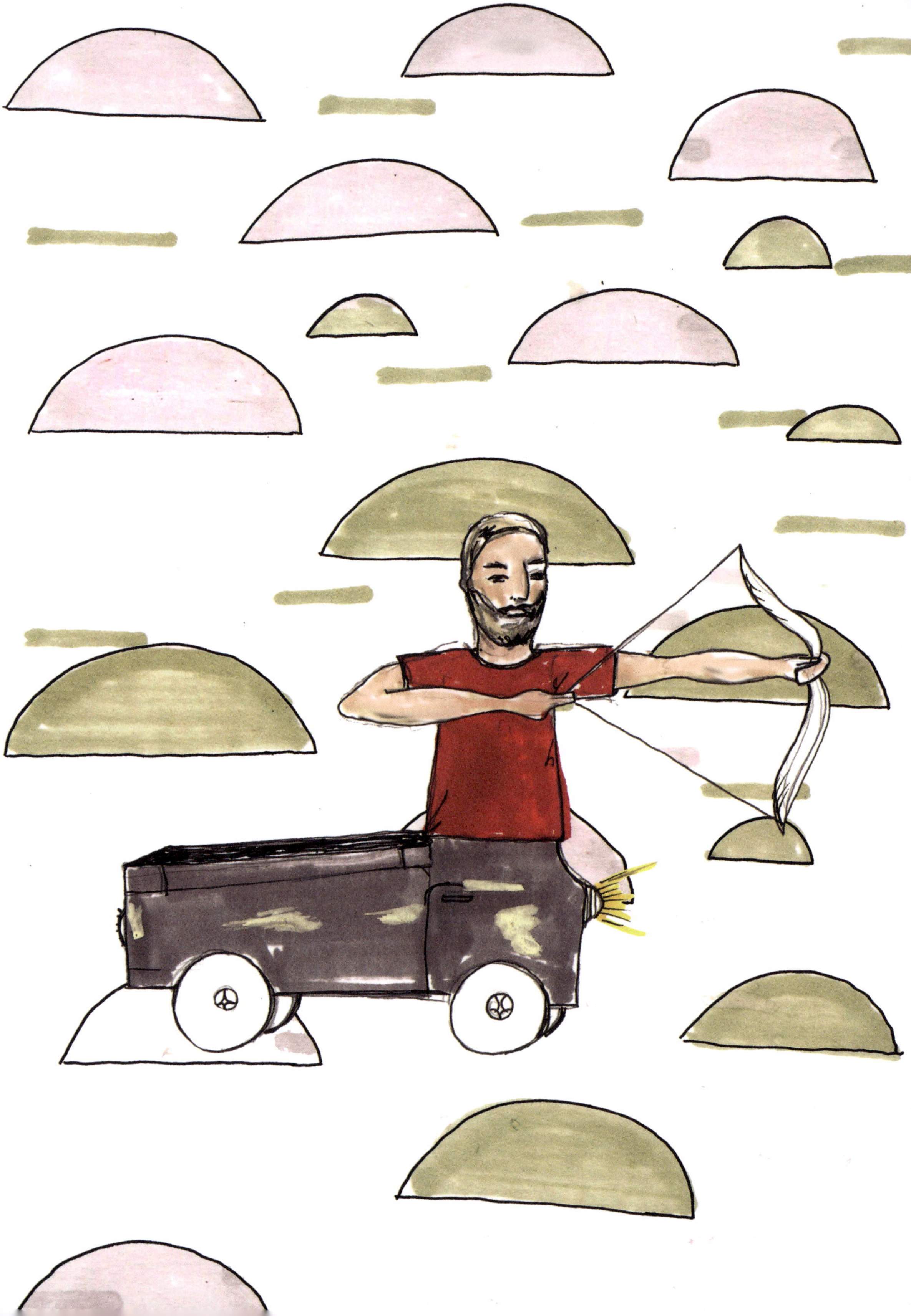

Santiago Alberto Farrell

ARGENTINA

# O *HERMANO* CANDANGO

## ADVERTÊNCIA INICIAL

Alguém me disse uma vez que não existe apenas "um" Brasil, mas 27. Não estou certo se será exatamente assim, mas sei que Brasília constitui uma exceção na paisagem nacional, apesar das muitas coisas que a cidade tem em comum com o restante do país. Além disso, escolhi evocá-la porque, sendo que amo tanto o Brasil, quis falar de tudo aquilo que me irmana com muitos brasileiros, aqueles que se sentem tão perdidos quanto os gringos na primeira vez que chegam a Brasília. E escolhi, deliberadamente, exprimir um olhar simples, por momentos até ingênuo, sobre o Distrito Federal, em vez de uma abordagem sociológica. Não sou sociólogo, sou apenas um jornalista que trabalha com base na capacidade de observação e na busca de informações.

São bastante conhecidas as cinco etapas por que passa o ser humano após uma perda: negação, fúria, negociação, depressão e aceitação. Acredito que morar em Brasília – sendo estrangeiro ou não – seja uma experiência tão forte que leva os seus moradores a passar por diferentes momentos na sua relação com a capital do Brasil – uma cidade que, às vezes, parece mais um conjunto de construções surgidas das mentes de Juscelino Kubitschek, Lúcio Costa e Oscar Niemeyer. Porém, na maioria dos casos – e assim foi também a minha experiência –, a última etapa do processo não é de simples aceitação, mas de amor, ou pelo menos de carinho. Quem não conhece um desses "talibãs de Brasília", capazes de combaterem em duelo pela defesa do horizonte eterno da cidade, dos seus céus azuis e infinitos, da sua simetria, dos seus murais, do trânsito (ainda que as coisas neste quesito estejam se complicando), da presença da natureza (ah, aqueles ipês florescidos...)? A maioria desses talibãs não nasceu no Distrito Federal. Eles são brasileiros que se apaixonaram por esse lugar tão particular.

As pequenas histórias que desfio aqui refletem meu próprio caminho pelas diferentes etapas. Como jornalista, eu exploro aquilo que se destaca, aquilo que representa uma anomalia, e muitas vezes trata-se de algo negativo ou, pelo menos, chocante. Isso não quer dizer que veja Brasília com olhos ácidos ou desapaixonados. De jeito algum, todo dia evoco pelo menos uma vez – seja por causa do meu emprego, seja por sentir-me alagado por uma cidade tão agressiva como aquela onde moro atualmente, ou até mesmo pela falta de regularidade do clima – quão diferente era a vida de Brasília.

Voltei à Argentina faz alguns anos, mas ainda lembro de frases que na época me levaram a refletir sobre Brasília e sobre o Brasil. Vou compartilhá-las aqui porque elas surgem do carinho de um candango nascido em Buenos Aires.

## BRASÍLIA NÃO É UMA CIDADE, É UM LUGAR

Na primeira noite que passei em Brasília como correspondente de uma agência de notícias, sofri na própria carne a máxima que, alguns anos depois, escutaria de um diplomata chileno: "Esta não é uma cidade, é um lugar." Cidades são criadas por acaso, caprichosamente, com os passos de homens e mulheres que definem caminhos e com a passagem do tempo, que converte esses caminhos em ruas e avenidas. Árvores, rios e animais são domesticados e integrados àquilo que chamamos de cidade, povo, vilarejo. Não é o caso de Brasília. Como todos sabem, ela nasceu de um sonho, em um par de cabeças que supostamente imaginaram tudo. Cabeças que pensaram onde e como deveríamos nos deslocar, cinquenta anos depois. Naquela primeira noite, hospedado em um hotel do Setor Hoteleiro Norte – onde, se não lá? –, descobri que não tinha colocado roupa interior na mala. Debrucei-me sobre o balcão e avistei a massa de concreto do Pátio Brasil, um dos *shoppings* da cidade. Pensei: nada melhor para conhecer uma cidade do que andar por ela.

Saí do hotel e fui até a avenida que rodeava o setor hoteleiro, com o prédio iluminado do *shopping* como ponto de orientação. Primeiro problema: fora dessa avenida não existia vida humana: só carros. Não havia calçadas nem ruas propriamente ditas, somente estradas. Só o que se avistava: pequenas trilhas abertas por pessoas que cruzavam pelo mato como, segundo pensei naquele momento, deviam ter feito havia séculos outros homens e mulheres em distintas partes do mundo, no nascimento das cidades modernas. Comecei avançar por essas trilhas que, como acontece habitualmente, não eram retas nem conduziam diretamente até o *shopping*. Tive que saltar de uma para a outra, no meio da terra e da escuridão, já que as luzes estavam reservadas para as avenidas por onde passavam carros a toda velocidade.

O Pátio Brasil estava cada vez mais longe. Parecia muito perto desde a janela do meu quarto, mas eu já tinha caminhado meia hora e continuava longe. Quando, por fim, entrei numa loja do *shopping*, diante da amável vendedora, devo ter dado causado uma impressão estranha: agitado, coberto de terra e, para completar, tentando comprar algo que me obrigava a procurar uma palavra tão diferente entre o espanhol e o meu (então incipiente) português. Nada permite suspeitar que a "cueca" seja o nosso "*calzoncillo*". Após uma intensa e infrutuosa troca lexical, tive que empregar uma mímica, no mínimo constrangedora, rodeando meus genitais com as mãos. Finalmente, depois de me apresentar uma sunga, as cuecas salvadoras apareceram. Paguei uma fortuna e empreendi a viagem de volta.

## ACEITA CARONA?

Brasília é uma cidade de centauros, mas, diferentemente dos seres mitológicos – metade humanos, metade cavalos –, na capital do Brasil os centauros são metade humanos, metade carros. Fordlândia, o sonho de Henry Ford, que afundou no rio Tapajós, renasceu no Distrito Federal. Em Brasília, o carro é o rei. Exceto os mais pobres – forçados a utilizar um transporte público caro, ruim e de pouco alcance, que às vezes os obriga a percorrer quilômetros a pé desde o ponto de ônibus –, em Brasília as pessoas andam somente desde o lugar onde estacionaram até o destino final. É claro que podemos andar em alguns dos belos parques da cidade, mas isso é outra coisa, isso é *footing*. Disseram-me que só Los Angeles se equipara a Brasília na hostilidade contra o humilde cidadão que gosta de percorrer as cidades a pé. Meu escritório ficava no prédio do Correio Braziliense, localizado no Setor de Indústrias Gráficas – onde, se não lá? –, e eu morava a uns dois quilômetros de distância.

Inimigo do carro como sou, na temporada da seca ia andando de casa até o trabalho. Em vários trajetos, tinha de andar pela terra por causa da falta de calçadas. Meus colegas de caminhada eram empregadas domésticas e pedreiros, deixados pelo ônibus longe dos seus empregos. Mais de uma vez, um motorista compadecido por me ver vestido como um "funcionário" – terno, pasta – parava e perguntava: "Seu carro quebrou? Aceita carona?" Eles não concebiam que eu fosse andando até o trabalho. Em Brasília, isso não se faz.

## DE CASA PARA O TRABALHO, E DO TRABALHO PARA CASA

Cinquenta anos atrás, quando algumas mentes planejadoras – e um tanto autoritárias – imaginaram Brasília, elas decidiram onde devíamos viver, comprar remédios ou almoçar. Alguém me contou que junto aos imponentes prédios da Esplanada dos Ministérios não há bares nem confeitarias porque o *diktat* era que os funcionários fossem almoçar nas suas casas, obedecendo (sem saberem) à máxima proposta aos trabalhadores pelo presidente argentino Juan Domingo Perón: "De casa para o trabalho, do trabalho para casa."

## O FUTURO JÁ NÃO É O QUE ERA

Meu filho sempre fala que um dos símbolos mais representativos do espírito automotivo de Brasília provavelmente seja sua Rodoviária Interestadual, que também conta com uma estação de metrô. Alguém conhece uma cidade em que uma rodoviária e uma estação de metrô estejam isoladas de quaisquer ruas, comércios ou bairros? Uma rodoviária que exija uma proeza de resistência para ser alcançada, andando, sem usar um automóvel? Um ponto de ônibus ao qual praticamente ninguém consegue chegar a pé? Brasília possui essa rodoviária, no final da Asa Sul. Foi imaginada conforme o critério original que orientou a construção da cidade, resultado da visão própria de uma época em que o carro era o futuro, quando não existia a preocupação com a poluição ou trânsito. As largas avenidas – até sete faixas – iam impedir *per secula seculorum* os terríveis engarrafamentos já sofridos por São Paulo. Contudo, como alguma vez escreveu o poeta francês Paul Éluard, "o futuro já não é o que era", e esse é um dos problemas centrais para a adaptação de um estrangeiro a Brasília.

## DEZ HORAS, HORÁRIO DE BRASÍLIA

Minha estreia profissional no Distrito Federal foi na cobertura de uma coletiva de imprensa em um prédio do Ministério da Defesa. Um alto funcionário público ia falar sobre o programa espacial, que na época estava começando a desenvolver os foguetes que posteriormente seriam lançados da base de Alcântara. O encontro com os jornalistas estava marcado para as dez da manhã. Uma vez que eu desconhecia ainda a cidade-lugar e as distâncias a percorrer, saí com tempo e, uma vez que viajava na direção contrária ao fluxo dos automóveis que rumavam aos prédios públicos, o táxi entregou-me no destino meia hora antes do horário marcado.

Surpreso, por não achar ninguém do ministério, esperei junto aos portões de entrada sob o olhar curioso, e ao mesmo tempo zombador, dos seguranças. Às onze horas, já sofrendo os efeitos do constante sol brasiliense, eles me deixaram entrar e uma porta-voz me explicou que tudo começaria "daqui a pouco" e que eu podia tomar um café ou comer alguns doces na sala onde seria realizada a coletiva.

A primeira colega, uma jovem de um jornal local, chegou às 11h15. Ao meio-dia já éramos uns quinze. Todos riam, todos conversavam, todos se atualizavam ou compartilhavam fofocas do mundo político e profissional. Às 12h30, o funcionário apareceu, nos cumprimentou, explicou algumas coisas e respondeu algumas questões. Às 13h tudo tinha acabado. Eu chegara, havia pouco tempo, de Buenos Aires, cidade onde um grupo de jornalistas, caso tenha que esperar três horas, irá muito provavelmente causar algum alvoroço, sem falar no teor dos artigos que escreverão depois sobre o assunto. Intrigado, perguntei a um dos jornalistas se ele ia mencionar na sua matéria o fato de que a coletiva de imprensa tinha começado mais de duas horas após o previsto. Sorrindo, ele me perguntou: "Essa é a sua primeira coletiva?" "Sim." "Então você não sabia que era às 10h, mas sim às 10h do horário de Brasília".

## SEM DOCUMENTOS (MAS DE GRAVATA)

Em um dos meus primeiros dias em Brasília, um colega me levava no seu carro pela Esplanada dos Ministérios. Estávamos indo a um renomeado hotel próximo do Palácio da Alvorada. Quando passávamos pela frente do Planalto, ele comentou: "Esse na esquina, lá no andar mais alto, é o escritório do Lula." Uma simples cortina cobria a janela, e era possível distinguir algumas silhuetas em pé, aparentemente conversando. Minha resposta lógica foi duvidar da veracidade do dado – em Buenos Aires, a cerca que impede a passagem à Casa Rosada, residência oficial do presidente, começa na metade da Plaza de Mayo.

"Sim, é o escritório do Lula", assegurou meu colega, "e até há pouco tempo você ainda conseguia ver os presidentes".

Pouco tempo depois, tive a oportunidade de reconhecer que o exemplo do escritório presidencial demonstrava o caráter relaxado da segurança do Planalto. Não consigo me lembrar de quantas vezes fui a uma reunião no Planalto sem meus documentos e, graças ao jeitinho brasileiro, os seguranças me deixavam entrar com meu carro no estacionamento, junto ao Palácio, onde, se eu fosse um terrorista, poderia ter explodido, tranquilamente, o lugar inteiro. Os controles não eram exigentes. No entanto, fizesse sol ou chuva, era sempre obrigatório colocar uma gravata. Sem gravata, eu não podia entrar no Planalto.

Essa atitude contrastava violentamente com a experimentada por nós, jornalistas, durante a visita do presidente americano George Bush – ou, no outro extremo ideológico, aquela do cubano Fidel Castro –, quando tivemos de lidar com a brutalidade dos seus guarda-costas e a implacabilidade da sua segurança. Depois de algum tempo, as coisas mudaram, o detector de metais e outros controles foram impostos na entrada do Planalto e estacionar junto ao Palácio deixou de ser tão simples assim – afinal de contas, Brasília faz parte deste mundo. Uma coisa, no entanto, continua igual: só entra quem leva gravata.

## AH, É O JEITINHO

Já foram escritos rios de tinta sobre o jeitinho brasileiro. Não tem gringo que não o tenha experimentado. Imagino, de qualquer maneira, que essa mistura entre vontade de ajudar, disfuncionalidade da coisa pública e cordialidade brasileira deve parecer muito mais impactante para quem tiver crescido em sociedades em que as regras foram feitas para ser cumpridas, algo claramente fora da norma na América Latina. É por isso que, para mim, o jeitinho é mais cordialidade do que simples engenhosidade para contornar leis ou disposições. Mesmo assim, para um argentino isso é chamativo. Minha mulher, ainda com um domínio muito pobre da língua portuguesa, devia realizar os trâmites para que os nossos filhos pudessem ser matriculados na escola em Brasília. Ela errou o horário e chegou uma hora antes. As funcionárias a encontraram perdida na frente do escritório e abriram mais cedo, só para atendê-la. Uma pequena e simpática conversa entre várias delas resolveu as lacunas linguísticas e as incríveis complicações burocráticas – mesmo entre dois países que compartilham um processo de integração como o MERCOSUL. Meus filhos foram matriculados e – por causa de uma brecha legal nos acordos entre os países – as funcionárias ainda ofereceram à minha mulher a possibilidade de matricular o caçula na primeira ou na segunda série. Tudo graças ao jeitinho.

### JORNALISMO CARA A CARA

Para um jornalista, não há nada melhor do que Brasília. Todos estão ao alcance das mãos: funcionários, políticos, analistas, magistrados, diplomáticos. Com uma ligação telefônica se consegue uma fonte para uma matéria de forma imediata. Tudo é acessível, até a própria Presidência, que faz uma coletiva de imprensa diária, com o porta-voz e sua eficiente secretaria para profissionais estrangeiros. A cidade/lugar espalhada é, na verdade, um micromundo em que aqueles que saem nos jornais e aqueles que escrevem neles se cruzam constantemente. Essa ideia de uma cidade no meio do nada estimula o contato. Diante da impossibilidade de se deslocarem pela cidade, meus colegas de São Paulo faziam tudo pelo telefone. Em Brasília, a maioria das entrevistas era feita pessoalmente.

### É PRESENTE DOS PAIS

Um dos fatos que mais me impactaram durante os anos em que morei em Brasília foi o espetáculo do estacionamento da universidade – cheio de carros novos no primeiro dia de aulas. Quando vi o fenômeno me deu a impressão de estar diante desses grandes estacionamentos das fábricas, onde os veículos são guardados até serem levados às concessionárias. Contudo, um dos meus colegas locais me esclareceu: "São os carros que os pais deram de presente aos alunos que conseguiram passar, é um prêmio por eles terem superado o terrível vestibular." Um carro para ir e voltar da UnB – localizada no extremo norte da cidade – é praticamente imprescindível para um jovem que deseje ter uma mínima liberdade de movimento ou que, por exemplo, tenha aulas à noite. Mas, ao mesmo tempo, esse estacionamento era a imagem viva do paradoxo da universidade "pública" brasileira, uma universidade que, em princípio, é aberta a todos, mas que na verdade é de acesso muito difícil para quem não teve a oportunidade de estudar numa escola privada.

Em Brasília o carro é indispensável para garantir uma liberdade mínima e símbolo do estudante que tem acesso à universidade pública. Naturalmente, isto é uma generalização. Não ignoro as várias iniciativas empreendidas pelos diferentes governos para melhorar o acesso de todos os jovens ao ensino superior. Mas aquele estacionamento, numa universidade pública, era para mim um espetáculo com uma carga simbólica muito forte.

## "O QUE FOI QUE ELE DISSE?"

Há cada vez mais brasilienses, mas continua havendo muitos candangos. É imprescindível não confundir os termos para evitar o risco de um confronto muito desagradável com um fundamentalista da identidade do Distrito Federal. Como é sabido, brasiliense é "nec", nascido e criado na cidade, ao passo que um candango é alguém chegado de outro lugar, como os pioneiros e os trabalhadores que construíram a cidade. Uma palavra que, além do mais, apresenta na sua origem um componente pejorativo. Contudo, ofensivo ou não, Brasília está cheia de candangos, ora estrangeiros, ora brasileiros, e é por isso que nas suas ruas (nas poucas pelas quais é possível andar), no aeroporto, nos bares, nos *shoppings*, escuta-se uma deliciosa mistura de sotaques de português.

Nos anos em que eu morei na cidade, para ofensa dos meus amigos brasilienses, eu não consegui identificar um sotaque local puro. Aprendi sim a escutar a bela sonoridade do nordestino, o leve eco do espanhol nos gaúchos ou o S carioca. Sem falar nesse R do interior paulista; quando o escutei pela primeira vez de Antônio Palocci achei que ele estivesse zombando de algum americano... Tanta diversidade de sotaques e palavras me fez sentir mais à vontade com meu correto, mas tosco português, sendo eu incapaz de reproduzir os sons nasais, e mais de uma vez eu compartilhei com brasileiros autênticos a dificuldade para compreender algum candango de sotaque remoto.

Em uma ocasião, eu esperava minha vez no cabeleireiro quando um taxista parou seu carro e desceu para perguntar por um endereço. "Vocsss ao, umi sido?" foram os sons que saíram da boca dele para mim. O cabeleireiro respondeu amavelmente: "Não." Quando o taxista foi embora, ele se virou para seus outros dois colegas e as três pessoas que estávamos esperando e perguntou: "Algum de vocês entendeu o que ele disse?" "Não", respondemos todos. Esse dia eu me senti um pouco mais integrado a Brasília.

## "POR FAVOR, PEÇA UM TÁXI PARA MIM."

Mas a maior dificuldade que eu já tive durante meus primeiros tempos em Brasília no que tange ao português funcional de que eu precisava diariamente era na hora de pedir um táxi. As garotas que atendem centenas de ligações por dia não têm tempo para sutilezas ou para completar as palavras como um neófito da língua precisa. Durante pelo menos seis meses eu tive que pedir a um colega do Correio Braziliense, onde ficava a redação da minha agência, para pedir o táxi para mim, já que eu não apenas era incapaz de entender o que as garotas me perguntavam, mas também não sabia quando dizer o endereço nem o que elas me respondiam depois. Demorei meses para saber que depois de eu dizer "SIG Quadra 1 Lote 300/350" o que elas respondiam, inevitavelmente, e que eu entendia como "aria pripal", era "na portaria principal?".

## FUTEBOL, MULATAS E CARNAVAL

Nos anos em que fui presidente da Associação de Correspondentes Estrangeiros de Brasília, tive a oportunidade de participar, em diferentes cidades do Brasil, de muitos congressos e encontros com colegas, bem como de aulas abertas com estudantes de jornalismo. Em todos esses eventos, em absolutamente todos eles, eu e meus colegas correspondentes gringos recebíamos a mesma reclamação dos jornalistas locais, que poderia ser resumida mais ou menos assim: "Para vocês, o Brasil é só futebol, mulatas e Carnaval." Uma vez, um dos correspondentes acrescentou: "Nessa lista faltam as praias e a Amazônia." Com o tempo, fui desenvolvendo uma série de respostas a essa reclamação com base na minha experiência pessoal. A primeira, óbvia, é que a agenda dos jornalistas, e mais ainda a dos correspondentes estrangeiros, é construída com aquilo que é distintivo, singular, próprio de um lugar, e não com aquilo que esse lugar tem em comum com os outros cantos do planeta. Além disso, segue-se a premissa "quanto mais longe for o país de origem do correspondente, mais singular sua notícia tem de ser".

Um correspondente argentino ou uruguaio poderia enviar um texto sobre a aprovação do orçamento no Congresso brasileiro. Será importante para seus países saber quais as verbas para obras de infraestrutura, os empréstimos do BNDES ou se haverá estímulos para algum setor interno que possam afetar as exportações. Contudo, dificilmente um italiano vai conseguir convencer seus editores em Roma da conveniência de publicar essa matéria (exceto se um dos deputados brasileiros tiver abaixado a calça em sinal de protesto durante os debates). O italiano escreverá, por exemplo, sobre o primeiro contato de uma tribo amazônica com a "civilização". O que todo brasileiro indignado deveria se perguntar é: existe algum outro lugar no planeta onde acontece algo similar? É por isso que é notícia. As agências transmitirão todas as informações "duras", aquelas que falam na Bolsa, nos acordos políticos ou nas eleições. Os correspondentes terão que procurar o singular, aquilo que se destaca – e em matéria de mulatas, futebol, Carnaval, praias ou Amazônia, o Brasil é insuperável. Este é um princípio que se aplica, inclusive, em países do chamado primeiro mundo. Peço a algum leitor informado que se lembre de quais foram as últimas notícias na imprensa sobre Veneza. Que a cidade está afundando, que o prefeito se demitiu por corrupção e que ocorreu uma nova edição do seu Carnaval. Nada mais conseguimos saber sobre outros aspectos menos singulares da vida cotidiana dos venezianos, exceto em publicações muito especializadas. E é claro, isto vale também para a imprensa brasileira, apesar dos indignados comentários dos colegas brasileiros.

Nesses encontros e congressos, eu costumava desafiar a audiência a me dizer qual era a última matéria sobre o Paraguai, por exemplo, que eles tinham conseguido ver na mídia. E lembrava que o Paraguai é sócio do Mercosul, que compartilha uma ampla fronteira com o Brasil, que na sua população há uma importante presença dos chamados brasiguaios. Pois então, a única notícia que tinha conquistado espaço era uma matéria sobre um incêndio, em um supermercado de Assunção, no qual morreram 396 pessoas, metade delas crianças, porque os donos tinham ordenado fechar as portas para que os clientes não saíssem sem pagar, ignorando a gravidade do incêndio. Quase 400 paraguaios tiveram que morrer para que uma notícia desse país tivesse repercussão na imprensa brasileira. Não preciso esclarecer que exatamente o mesmo acontece na Argentina ou no Uruguai, também sócios do Mercosul e países vizinhos do Brasil. Existe um ditado espanhol muito popular a este respeito: "As pessoas cozinham feijão em todo o mundo".

## VOCÊ É O ÚNICO

Para um correspondente gringo é incompreensível que os brasileiros não entendam o fato de que suas praias sejam um tópico evidente para qualquer jornalista estrangeiro que visita o país ou mora nele. Poucos países ostentam semelhante extensão e variedade de praias. É sabido que exceto nacionalistas furiosos – desses que acreditam que algo é bom simplesmente por ser do seu país – qualquer argentino que colocar um pé no mar brasileiro procurará, por todos os meios, repetir a experiência e evitará as praias do nosso litoral sul, aquelas onde, na hora de entrar no mar, se sente como os siberianos que se jogam na água através de um buraco no gelo. Quando voltei a Buenos Aires, de férias, pela primeira vez desde que tinha chegado a Brasília, cada amigo com que encontrei perguntava, inevitavelmente: "Então, você vai ao mar todos os dias, ou só nos finais de semana?" Quando lhes explicava o difícil que seria manter essa rotina morando em Brasília, muitos deles me diziam: "Você é o único argentino que conheço que foi morar no Brasil... a mais de mil quilômetros da praia!"

## "VOCÊ MORARIA EM UM MUSEU?"

Em Brasília, uma das tarefas mais frequentes de um correspondente estrangeiro é ir ao Palácio do Itamaraty. Nos primeiros anos do governo Lula, por causa da irresistível atração que sua biografia gerava, o desfile de presidentes, chefes de governo, monarcas, chanceleres e ministros era incessante. Também houve várias cúpulas internacionais. Normalmente, os jornalistas devem esperar muito tempo até que as deliberações sejam tomadas, redigidas e apresentadas em uma coletiva de imprensa. Nessas ocasiões, o mais frequente era confraternizar com os colegas de outros países, que chegavam ao Brasil nas comitivas oficiais. Era inevitável que surgisse o comentário sobre a magnificência do prédio, com aqueles tetos altíssimos e os gigantescos espaços vazios nos quais você escuta o ecoar dos passos ao caminhar – uma sensação que pode ser vivida em grande parte da ampla cidade, espalhada em meio a natureza. O bairro Lago Sul, por exemplo, tem mais de 20 quilômetros de extensão. Muitas vezes, esses colegas estrangeiros elogiavam o planejamento, o ordenamento, a distribuição prévia dos setores comerciais, hoteleiros, bancários, comerciais, educativos, de moradia e até de entretenimento. E comentavam: "Mas que prédios tão belos, eles são como museus, a cidade toda parece um museu". "É verdade", respondeu uma vez um dos correspondentes, "mas você moraria em um museu?".

Tradução Santiago Farrell

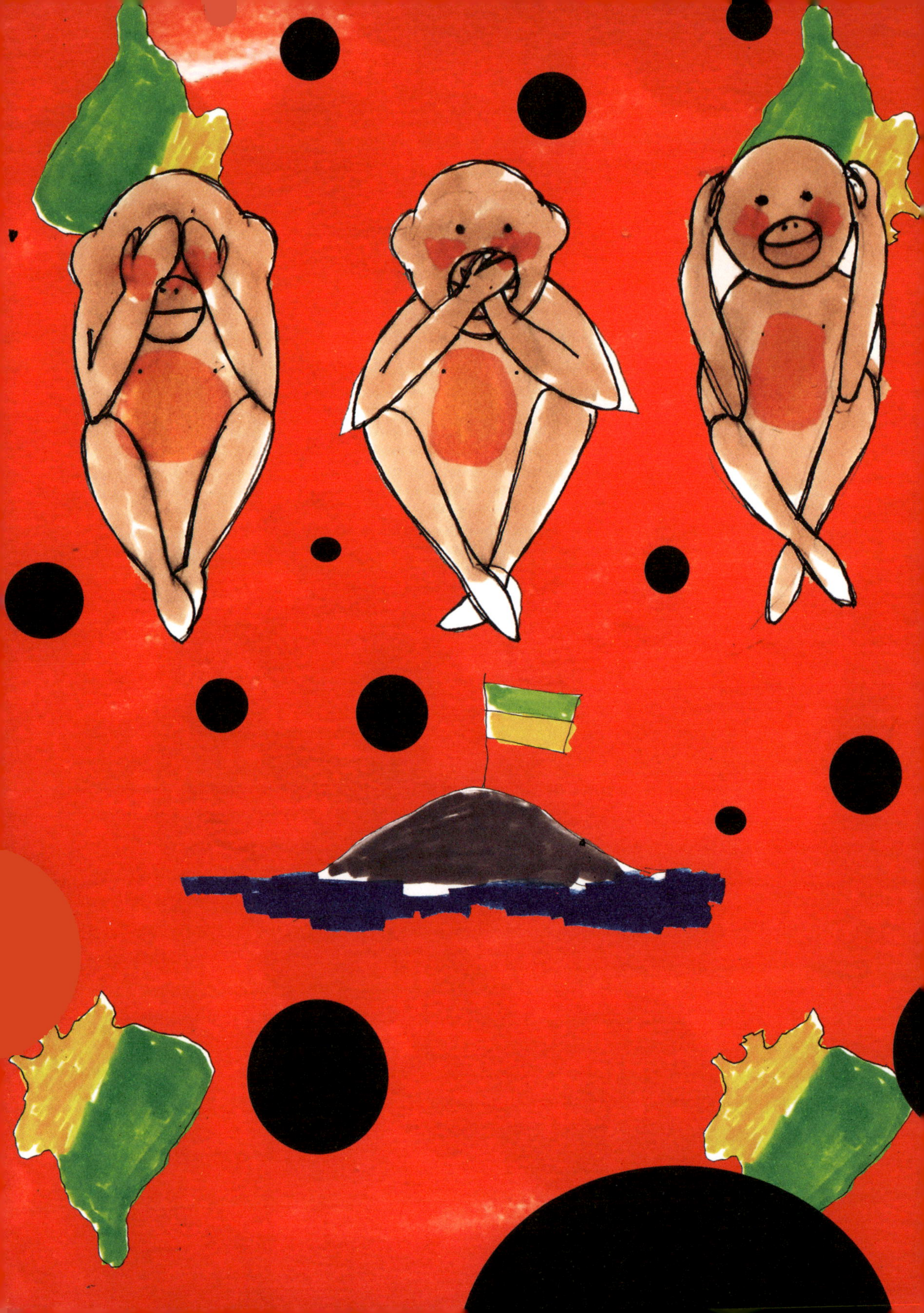

Verónica Goyzueta
# PERU

# O BRASIL NÃO ESTÁ DE COSTAS, APENAS MEIO DESLIGADO

Pergunte a qualquer brasileiro "O que é Paysandu?". Alguns dirão que é uma praça no centro de São Paulo, onde se come o sanduíche mais tradicional da cidade, o Bauru, uma iguaria do Ponto Chic – bar quase centenário. Outros vão responder que é um dos mais famosos e tradicionais times de futebol da Amazônia, Paysandu Sport Club, várias vezes campeão paraense, dono da maior torcida do norte do país. As duas respostas estão corretas. Pergunte a qualquer uruguaio "O que é Paysandu?" e a resposta será muito diferente. Um uruguaio irá citar, imediatamente, a heroica vila de Paysandú, um lugar que já foi sitiado e destruído por portugueses e brasileiros em três conflitos fronteiriços, e que se converteu, desde então, num símbolo de resistência. No entanto, esta resposta, a mais correta, é praticamente desconhecida para a maioria dos brasileiros.

Paysandú fica na fronteira entre o Uruguai e a Argentina, uma vila fundada no século XVI pelo padre jesuíta Policarpo Sandú, chamado pelos índios de Pay Sandú. Em 1864, Paysandú foi o centro de uma guerra civil. A vila foi cercada pelo general Venâncio Flores, com o apoio do exército imperial brasileiro, que era comandado por figuras como o almirante Tamandaré e o general Mena Barreto – atualmente, dois importantes nomes de ruas em várias cidades brasileiras. A guerra do Uruguai, que levou o exército imperial brasileiro as ruas de Montevidéu, apoiando a "Cruzada Libertadora" do general Flores, antecedeu outro importante conflito sul-americano, a Guerra da Tríplice Aliança – formada por Brasil, Argentina e Uruguai contra o Paraguai. Os brasileiros chamam este conflito de "Guerra do Paraguai", e geralmente não têm muita ideia dos efeitos traumáticos e devastadores que este episódio deixou na alma dos guaranis. A guerra durou mais de cinco anos e, além de território, tirou dos paraguaios boa parte da sua população masculina adulta, um desastre demográfico do qual os paraguaios levaram décadas para se recuperar e que até hoje não esquecem.

Apesar das marcas deixadas pelas guerras, os brasileiros não parecem conscientes desta ou de outras histórias importantes do seu passado. É claramente um exagero incluir todos os brasileiros nesta afirmação, e há muitos que conhecem bem a sua história, assim como há grandes amantes e admiradores da América Latina. Mas, para um hispano-americano que chega a este país, uma das primeiras coisas que surpreendem é que grande parte dos brasileiros, em todos os níveis sociais, não se interessa muito pelos países vizinhos e perpetua alguns estereótipos sobre os outros sul-americanos, que poderiam ser os mesmos lugares-comuns que habitam a imaginação de um norte-americano, europeu ou talvez até um asiático.

Mesmo que para alguns possa parecer absurdo, tenho de contar que, no Brasil, já ouvi perguntas como: "Onde fica Cuba?", "Quem é Simón Bolívar?". Ou afirmações como: "o Peru é um país que fica nas alturas, no qual faz muito frio e que não tem mar." Esses comentários sobre o meu país, um vizinho de parede do Brasil, me deixavam bastante desanimada. Mas, sempre com muita paciência, contava que nasci em frente ao oceano, e que passei lindos verões na beira-mar do Pacífico, que, apesar da sua água fria, não era a Antártica.

Percebi também que se celebram alguns feriados nacionais sem que deles se tenha uma compreensão ou uma referência histórica. Um deles é o feriado de 9 de julho, em São Paulo. Muitos não sabem do que se trata. Alguns respondem acertadamente "Revolução Constitucionalista de 32", mas poucos conseguem explicá-la. E é engraçado ver a confusão que alguns fazem entre Dom Pedro I e Dom Pedro II. Há quem pense que Dom Pedro I é filho de Dom Pedro II porque a iconografia mostra o primeiro, que morreu aos 36 anos, como um jovem, e ao segundo, que faleceu aos 66, mais de meio século depois de seu pai, como um velho.

Casos mais recentes na história, como os anos de Getúlio Vargas, ou a violenta ditadura militar, são conhecidos em linhas gerais, mas sem contextualização. Não é raro ouvir dizer que a ditadura brasileira foi branda, em comparação com os regimes do Cone Sul, e há quem chame o Golpe de 64 de Revolução de 64, e aos guerrilheiros que lutavam pela democracia de terroristas. Claro que, nesses casos, há uma questão ideológica, mas também uma repetição automática de informações que vão se acumulando subliminarmente – até que deixamos de refletir sobre elas. E feriados? Quem não quer feriados? Como em todos os outros lugares, o que importa é ter um dia de folga, e de preferência que caia numa sexta ou numa segunda-feira.

## A DESCONEXÃO GEOGRÁFICA

No Brasil, a relação com a memória histórica é diferente daquela que temos em outros países sul-americanos, talvez por causa do extermínio que, ainda hoje, acontece com os seus povos indígenas. Também existe um contato diferente com a geografia, talvez pelo gigantismo territorial do país. Como saber o que há do outro lado de uma selvagem floresta se é quase impossível cruzá-la e se, ao mesmo tempo, é ainda profundamente desconhecida?

Um olhar sobre o mapa demográfico brasileiro mostra um país pouco povoado, quase imantado pelo Atlântico. As áreas mais populosas no centro do Brasil são Goiás e a capital, Brasília, uma teimosia de Juscelino Kubitscheck, para levar o desenvolvimento rapidamente para o oeste do país, o que, lamentavelmente, não funcionou.

O que costumamos identificar como um país de costas para a América Latina é, na verdade, uma população que não tem contato geográfico com o resto do continente. Com exceção dos estados do sul, como Paraná, Santa Catarina e Rio Grande do Sul, colados geográfica e culturalmente aos argentinos, uruguaios e paraguaios, o resto do país tem uma selva e uma cordilheira que os isola dos vizinhos tanto como o oceano que os separa da África e da Europa.

A distância geográfica também prejudica a relação dos brasileiros com os seus compatriotas. Perguntar a um paulista do interior sobre o seu imaginário da selva amazônica pode ter o mesmo efeito que pedir a opinião de um catalão ou de um parisiense. Tirando aqueles que por trabalho ou resultado de alguma convicção visitam a Amazônia, são poucos os paulistas que se interessariam por passar umas férias no meio da selva quando sai mais barato ir para uma praia do norte ou até para o exterior.

## O PACIFICO DO ATLÂNTICO

Poderíamos pensar que ser desligado da sua própria história e da sua geografia seria algo prejudicial. Talvez sim, talvez não. Este texto procura colocar no papel uma reflexão pessoal e não pretende fazer um juízo de valor – ainda que essa seja uma armadilha à qual será difícil escapar. A ideia é mostrar as diferenças que constatei ao longo de duas décadas vivendo num país que, em termos de conhecimento histórico e geográfico, é muito diferente do meu.

Nasci no Peru, onde a história e a geografia têm um peso enorme sobre as nossas consciências e as nossas costas. Ser de um país que foi o berço do Império Inca é motivo de um orgulho sem fim. Mas nascer num país de um império massacrado também faz mal à saúde histórica. Nós, peruanos, somos muitas vezes vítimas de raiva, revanchismo e ressentimentos que não levam a lugar nenhum. Orgulhosos da nossa origem inca, desenvolvemos um sentido de memória que é útil para não repetir erros, mas que também serviu para alimentar rivalidades que duram há décadas ou mesmo séculos. As aulas de história, na escola, celebram heróis ilustres, normalmente derrotados, e reforçam sentimentos ingratos contra os colonizadores espanhóis, e contra os chilenos, contra quem perdemos, em 1883, a Guerra do Pacífico e uma parte do deserto do Atacama.

Peruanos e outros povos sul-americanos de influência hispânica são especialistas em alimentar idolatrias e a render respeito a figuras históricas. Também somos graduados em cultivar ódios arraigados – uma herança de guerras e disputas territoriais que aconteceram há décadas ou séculos. Não é difícil apontar casos em que, ainda hoje, empresas espanholas ou chilenas são boicotadas pelos consumidores peruanos mais nacionalistas, que as acusam de neoinvasoras ou reconquistadoras.

As rivalidades históricas e geográficas existem, até hoje, entre chilenos e argentinos; chilenos e peruanos; chilenos e bolivianos; bolivianos e peruanos; peruanos e equatorianos; bolivianos e paraguaios; colombianos e venezuelanos etc.

O Brasil teve conflitos com praticamente todos os seus vizinhos, mas eles quase não são lembrados. Talvez pela distância geográfica que mencionei. Digamos que os cerca de 800 mil acreanos, contados pelo último censo do IBGE, saibam tudo sobre a vizinha Bolívia e quais as circunstâncias em que aquele território foi anexado ao Brasil. Ainda assim, seriam poucos os brasileiros que conheceriam a história do país andino, menos de 0,5% da população.

Estas distâncias geográficas e históricas serviram para alimentar a ideia de um gigante pacífico, tanto dentro como fora do Brasil, contrário a guerras e conflitos, com uma classe militar quase de pijama. O país continua oferecendo ao mundo a ideia de um paraíso terreno que não existe, inventado por cronistas europeus e reforçado pela fotografia espetacular do Rio de Janeiro, a cidade cenográfica de quase todas as telenovelas da Globo, que são assistidas de Lima a Moscou. Sem dúvida o Brasil é, em sentidos infinitos, um país maravilhoso, mas a sua exuberância esconde, por vezes, os conflitos subterrâneos, como o preconceito racial, um de seus piores males. Os altos índices de violência, a segunda maior população penal do mundo, a militarização da polícia e a grande desigualdade são dados que confirmam que o gigante Atlântico não é nada pacífico.

## PELÉ, GRANDE PROFESSOR

Sem memória de lutas territoriais, o que alimenta o revanchismo brasileiro não é a guerra, mas o futebol, um esporte em que o Brasil tem um rei e no qual não gosta de perder. A antipatia pelos argentinos, quase um ódio mortal, foi mais instigada pelos mil gols de Pelé e a mão de Deus de Maradona, do que por todos os anos de negociações para demarcar as fronteiras entre os dois países.

Um episódio futebolístico também marcou, durante anos, a relação entre Brasil e Peru. No Mundial de 1978, o Peru perdeu para a Argentina por 6 a 0, dois gols a mais do que os necessários para eliminar o Brasil da competição. O jogo, supostamente negociado entre os governos militares do Peru e da Argentina, forçou uma derrota vergonhosa a uma equipe peruana respeitada e considerada, até hoje, a melhor da história nacional, com jogadores como Héctor Chumpitaz, Hugo Sótil e Teófilo Cubillas, este último na lista dos 50 melhores futebolistas do século XX.

Apesar dos indícios que garantem a veracidade deste acerto, e até declarações que o confirmam, ele é tão conspiratório como a derrota brasileira na França (1998), supostamente negociada pela Nike. Também é verdade que qualquer grande equipe pode ter um dia ruim, como aconteceu com o inexplicável 7 a 1 que a Alemanha impôs ao Brasil, anfitrião da Copa do Mundo. Mas futebol é futebol e aquele jogo no Mundial de 1978 deve ser uma das principais referências histórias e geográficas que muitos brasileiros têm do Peru.

Aliás, outra curiosidade histórica futebolística: a cidade onde Pelé passou a adolescência tem, entre os seus principais monumentos, o Bauruzinho, o boneco do sanduíche mais famoso de São

Paulo, e uma réplica da Estátua da Liberdade, reproduzida por uma loja de departamentos que se espalha como uma praga de mau gosto pelo interior dos estados do Paraná e São Paulo. Felizmente, Pelé teve por fim o seu museu, numa casa restaurada no centro de Santos, cidade que o adotou. O Museu Pelé, que fez o rei, sempre emotivo, chorar mais uma vez, foi uma vitória da memória pessoal, com a qual o monarca construiu o seu próprio castelo, recebendo apenas a ajuda de poucos súditos.

## ERGUENDO "ANTIMONUMENTOS"

Sempre chamou minha atenção a forma como o Brasil celebra os seus colonizadores. Talvez, nesse sentido, haja uma afinidade com os espanhóis, que demonstram a gratidão que têm pelos antigos invasores árabes. Preservaram monumentos e assimilaram elementos dessa cultura que se incrustou, durante séculos, na Península Ibérica, entre 711 e 1492. Apesar de ser reconhecido hoje como um povo intelectualmente avançado e de forte influência na cultura espanhola, os mouros foram expulsos de Granada e da Espanha sem contemplações, com todo o rigor de um país guerreiro.

A relação entre Brasil e Portugal é bastante diferente daquela que têm os hispânicos com a sua "pátria mãe". Sim, nós tratamos a Espanha dessa forma carinhosa, e a respeitamos e amamos como se fosse uma mãe, tal como, de vez em quando, nos queixamos dela, protestamos e até a boicotamos. Podemos ser acusados de uma espécie de síndrome de Estocolmo sul-americana, ou vítimas do legado católico, também herdado da Espanha, em que a mãe pode ser a máxima representação do amor, como também pode ser *"la puta madre"*. É um traço muito espanhol ser devoto fervoroso da Virgem e, ao mesmo tempo, estar cagando para ela, para as hóstias e até para Deus[1]. Pedro Almodóvar explica muito bem, em seus filmes, esta dualidade religiosa dos espanhóis, que os sul-americanos adquiriram e que, de alguma forma, faz parte dos sentimentos que guardamos desse país e que deixou marcas profundas na nossa cultura.

Ao contrário dos vizinhos sul-americanos, o Brasil não lutou pela sua independência. As circunstâncias europeias e a pressão napoleônica sobre Portugal, no início do século XIX, criaram uma situação quase inusitada – foram os colonizadores que decretaram a independência do colonizado. O Brasil teve a sorte de ter um imperador que o declarou livre, sem ter que passar pelas guerras terríveis que, um século e meio depois, enfrentaram outras colônias portuguesas. Talvez isso explique uma relação mais cordial entre brasileiros e portugueses, que pode observar-se ainda em outro detalhe: os monumentos e homenagens que o Brasil rende aos seus conquistadores, especialmente os bandeirantes – algo incompreensível para outros sul-americanos.

É verdade que, em Lima, temos um monumento a Francisco Pizarro, o conquistador do Peru e fundador da cidade, razão que lhe valeu uma estátua equestre. Mas o fato de dedicar-se um monumento a um herói mais importante para os espanhóis do que para os peruanos envolveu o

---

[1] N.E: Entre as expressões profanas mais usadas em Espanha, ditas por velhos e crianças sem causar ultraje, estão *"me cago en la virgen"*, *"me cago en la hóstia"* e *"me cago em dios"*.

O BRASIL É UM PAÍS MARAVILHOSO, MAS A SUA EXUBERÂNCIA ESCONDE, POR VEZES, OS CONFLITOS SUBTERRÂNEOS, COMO O PRECONCEITO RACIAL, UM DE SEUS PIORES MALES – O GIGANTE ATLÂNTICO NÃO É NADA PACÍFICO

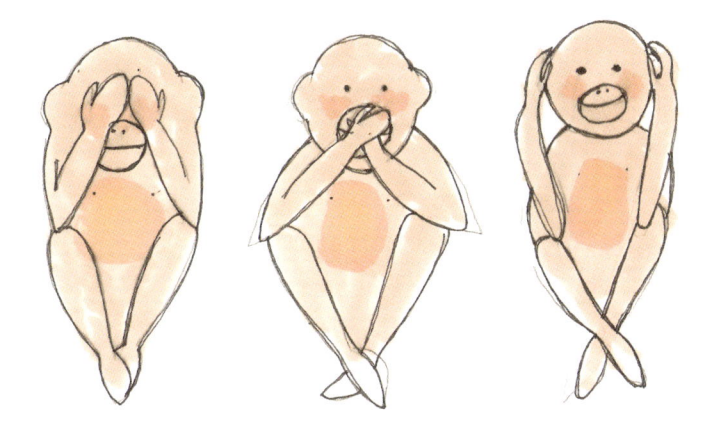

O BRASIL NÃO ESTÁ DE COSTAS, APENAS MEIO DESLIGADO

Pizarro de bronze numa série de polêmicas e, em consequência delas, as várias mudanças de endereço. A estátua que surgiu em frente à Catedral de Lima, na celebração do quarto centenário da cidade, em 1935, saiu desse local nos anos 1950, em meio às queixas da Arquidiocese. A estátua de Pizarro mudou-se então para uma praça próxima do Palácio do Governo, onde permaneceu por 50 anos, até que, em 2003, o prefeito da cidade pediu que se retirasse o monumento do conquistador desse lugar tão emblemático e o trasladassem para um parque sem evocação histórica, com uma agravante: deixaram o herói espanhol no seu cavalo, mas retiraram o pedestal, deixando-o à altura de todos, algo bastante simbólico.

Não defendo ressentimentos nem penas tão duras para alguns monumentos. Mas sempre me chamou a atenção a importância que os bandeirantes têm no Brasil, responsáveis por desbravar um país, é verdade, mas também por dizimar com violência os povos nativos. Um dos monumentos mais notórios, em São Paulo, homenageia as expedições portuguesas, as Bandeiras, em frente ao Parque de Ibirapuera. A estrada mais importante do estado chama-se Bandeirantes. Imagino que, no Peru, seria impossível pensar numa estrada importante que se chamasse Conquistadores sem que houvesse protestos. No entanto, existe uma pequena rua chamada Conquistadores, em San Isidro, um bairro privilegiado de Lima, onde certamente não nascerá nenhuma revolução.

Na cidade de São Paulo as homenagens são particularmente curiosas. A cidade também dedica uma estátua, com dez metros de altura e vinte toneladas, a outro bandeirante, Manuel de Borba Gato (1649-1718), que tampouco deixou boas memórias entre os índios. A estátua, do escultor Júlio Guerra, foi construída com os últimos trilhos do bonde que ligava o centro ao bairro de Santo Amaro, engolindo com ela uma parte da história dos transportes públicos paulistas. A pujante São Paulo, a cidade em que mais se destrói e se constrói, deve ser o lugar do Brasil onde mais se perdem registros históricos e se esquecem as coisas.

Nem todos os brasileiros, claro, seguem essa linha preferencial do esquecimento. Outro artista, o paulista João Loureiro, criou um "antimonumento", em "anti-homenagem" ao bandeirante Borba Gato. Ao contrário da cabeça gigantesca da escultura do português, que atingia os dez metros, a obra de Loureiro foi colocada numa sala subterrânea – ainda mais embaixo que o cavalo de Pizarro –, perto do sítio arqueológico São Miguel Arcanjo, nas ruínas da igreja jesuíta de São Miguel das Missões, no Rio Grande do Sul.

O busto criado e enterrado por Loureiro – um protesto do artista contra os monumentos que glorificam os bandeirantes, só pode ser visto de cima, através de um vidro, como se pisássemos a cabeça de Borba Gato. Na descrição do seu trabalho, Loureiro explica que o "antimonumento" está imobilizado e enterrado de maneira a que não possa ser visto à distância ou sequer ser circundado. O Borba Gato gaúcho não está, definitivamente, numa posição heroica.

Segundo o artista, a intenção era justamente propor uma reflexão sobre os bandeirantes, vistos como heróis em São Paulo e em outros estados brasileiros, apesar das atrocidades cometidas contra os povos indígenas. No texto que acompanha a obra, Loureiro sugere um debate sobre os discursos construídos oficialmente, sobre como se escreve a história e sobre a criação dos heróis nacionais, que, com seu olhar, a desenham.

## NEM INGA, NEM MANDINGA

Em uma cultura mestiça, com uma importante presença portuguesa, não é totalmente descabida a admiração pelos bandeirantes. A bravura de homens que correm riscos e exploram as áreas desconhecidas em busca de um Eldorado povoa há séculos a imaginação ocidental e é a matéria bruta da criação dos grandes heróis do cinema e da literatura. Como chegaríamos a Indiana Jones sem antepassados conquistadores ou bandeirantes?

Lamento apenas que essa importância não contemple o legado dos índios, negros e nordestinos, como se espera de um país mestiço. Infelizmente, o Peru não é um país livre de preconceitos ou racismo, mas, ainda assim, existe um orgulho e uma divisão mais equilibrada da herança indígena, negra e espanhola na construção da nossa identidade. No Brasil, fala-se muito de uma identidade mestiça, tecida a partir do século XIX com a chegada de imigrantes europeus e asiáticos, e sempre se deixa de lado quem chegou antes. No Peru, se usa muito a frase "*Quien no tiene de Inga* (de índio) *tiene de Mandinga* (de negro)". No Brasil, "um pé na cozinha" é uma frase popular, mas muito menos assumida, e mais discriminatória. Os índios estão ainda mais escondidos.

Faria muito bem ao Brasil ter tantos heróis negros e índios – e que sejam tão importantes na sua história – como tem bandeirantes e imperadores portugueses. Faltam nos livros escolares mais negros como Zumbi, João Cândido, e a inclusão de heróis índios, praticamente inexistente, como o Cacique Serigy e Sepé Tiaraju. Serigy resistiu durante décadas, no século XVI, à colonização portuguesa de Aracaju, e morreu numa sangrenta batalha, que durou um mês, protagonizando uma saga que pode comparar-se à do nosso líder inca Tupac Amaru. Sepé Tiaraju encabeçou as milícias indígenas que lutaram contra as tropas portuguesas e espanholas na Guerra Guaranítica, naqueles que eram então os territórios jesuítas do Rio Grande do Sul. Personagem de "O Tempo e o Vento", do escritor Érico Veríssimo, Sepé Tiaraju é pouco conhecido fora do Rio Grande do Sul, onde o seu nome foi atribuído, como homenagem, a um município e a uma estrada interestadual, assim como Serigy é quase desconhecido fora de Sergipe.

Serigy e Tiaraju estão na fila de espera para entrar no "Livro de Aço", dos heróis brasileiros, guardado no Panteão da Pátria e da Liberdade Tancredo Neves, em Brasília. Numa lista de onze candidatos são os primeiros índios que poderão aumentar uma lista de onze nomes, que inclui dez heróis brancos, o negro Zumbi dos Palmares e nenhuma mulher. Um panteão representativo de algumas coisas que se veem pelo país, sendo as mais evidentes o preconceito racial e de gênero, e a falta de respeito pelos povos indígenas.

Uma das primeiras coisas que chama a atenção de um estrangeiro que chega ao Brasil é a quase ausência de negros na classe média e alta, assim como em grandes empresas e instituições públicas.

Num país em que 51% da população é afrodescendente, existe uma discriminação explícita, que não corresponde em nada à imagem de democracia racial que o país quer mostrar. Os negros continuam sendo a grande maioria nas prisões, o grupo mais exposto à marginalização e à violência, tal como são protagonistas habituais nos dados que colocam em evidência a desigualdade do país. As religiões de matriz africana são geralmente mal vistas fora da Bahia e, cada vez mais escondidas, também são quantitativamente cada vez menos. Um projeto de lei sobre as religiões, que exige uma formalização quase empresarial das igrejas, e que interessa em particular aos evangélicos, praticamente eliminaria os terreiros do mapa.

Os movimentos mais sólidos, especialmente levados a cabo por ONGs, começaram há muito pouco tempo e viabilizaram a presença negra na televisão, em comerciais e em produtos de beleza. As cotas estabelecidas pelo governo de Luiz Inácio Lula da Silva foram um grande passo que já começa a mudar a cara da sociedade e que poderá ser comprovada mais claramente dentro de algumas décadas.

No entanto, esse mesmo governo contribuiu para um desamparo ainda maior dos índios, que continuam sendo atacados e exterminados por causa das terras para o agronegócio. A palavra "desenvolvimento" deixa-os cada vez mais encurralados. Tanto no Brasil como no Peru, os índios acossados estão literalmente saindo das suas ocas, com medo do avanço do homem branco. A última vez que visitei a Fundação Nacional do Índio (Funai), em Brasília, encontrei um edifício em ruínas – em ruínas estão também as políticas que deveriam cuidar e preservar os conhecimentos ancestrais dos índios, algo que faria muito bem ao Brasil e ao mundo. Mas existe a ideia geral de que o índio é um sujeito preguiçoso, que não contribui em nada para o país.

Se os índios reclamam contra uma hidroelétrica que modifica o *habitat* amazônico no qual vivem, a resposta governamental é que, caso contrário, irá faltar luz, uma falácia num país que tem em suas mãos a receita de um crescimento sustentável na área energética. O Brasil é o único país do mundo que poderia ter quase 100% da sua frota de automóveis alimentada com etanol, e que tem todos os recursos para diversificar as suas fontes de energia. Contudo, o projeto energético criado na ditadura militar continua vigente por causa das construtoras e de alguns políticos que têm com eles a chave dessa força.

Para uma boa parte da população que vive nas grandes cidades, essa discussão pouco importa. O que interessa é ter luz, e não como ela chega até as casas.

## A ALMA GUARANI

O desinteresse pelos índios também pode explicar a débil relação que os brasileiros têm com os paraguaios – logo eles, vítimas de um massacre protagonizado, entre outros, pelo Brasil, e que marcou para sempre os vizinhos do sul.

Não se trata de um vizinho qualquer, mas de um país que apresenta semelhanças geográficas com o sul do Brasil. Os paraguaios falam guarani, assim como os índios que habitaram boa parte do território brasileiro, e que até hoje resistem em reservas cada vez menores, nos estados de São Paulo, Paraná e Mato Grosso.

Do guarani – que une ambos os países e que, no Paraguai, é preservado como idioma oficial – saíram palavras como abacaxi, mandioca, berimbau, cafuné, caiçara, urubu, angu, samambaia, pamonha. E o mate, a bebida que, quente ou fria, une brasileiros, paraguaios, uruguaios e argentinos.

O idioma e a cultura guarani, que, além de ligarem estes quatro países, também alcançam a Bolívia, ofereceram ainda "os cariocas" e a sua famosa praia de "Ipanema", e lugares paulistas emblemáticos como o parque "Ibirapuera" e o seu *shopping* mais tradicional, o "Iguatemi". Do guarani surge o nome Amazonas, o rio mais importante do país e uma de suas referências mais conhecidas no mundo.

São tantas as coisas que unem o Brasil ao Paraguai que o vizinho merecia ser celebrado na festa anual no sambódromo da "Sapucaí", aliás, outra palavra guarani. No entanto, a possibilidade que isso aconteça na festa mais famosa do país é infinitamente remota.

Esta é uma constatação que deixaria qualquer paraguaio "jururu". Quem sabe um dia alguma escola componha um samba para que a alma guarani possa finalmente desfilar.

No tempo em que moro no Brasil, vi quase sempre o Paraguai mencionado como um sócio irrelevante do Mercosul, ou como um refúgio de ladrões e contrabandistas de produtos de má qualidade. Uma demonstração dessa superficialidade em relação aos vizinhos ficou muito evidente, em 2010, quando o canal SportTV, do grupo Globo, produziu uma matéria vergonhosa, que gerou protestos no Paraguai. A reportagem, de mau gosto, se referia ao país como um lugar onde se comia mal, havia gente feia, não havia nada para fazer, e onde se produzia música muito chata. O canal teve que pedir desculpas aos paraguaios.

## A ESPERANÇA SUL-AMERICANA

O Paraguai é, para mim, o exemplo mais forte da relação que os brasileiros têm com a geografia e a história da América do Sul. Felizmente, esse desconhecimento está diminuindo. Quando cheguei ao Brasil, em 1992, era impossível para um sul-americano estabelecer-se no país, com a exceção de duas condições anacrônicas e quase irreversíveis: casando-se com um local ou tendo filhos brasileiros. O aumento das trocas comerciais, em acordos como o Mercosul, ajudou muito.

O Mercado Comum do Sul trouxe aos brasileiros mais informações sobre os seus vizinhos. Apesar dos problemas comerciais e do protecionismo de alguns setores, o bloco comercial deu passos largos no quesito da cultura e especialmente na convivência entre povos.

O Mercosul, além de não exigir passaporte aos cidadãos dos países integrantes e associados que viajam dentro das fronteiras do bloco, propicia que os brasileiros e os seus vizinhos possam aventurar-se e mudar de país como os europeus já fazem há muito tempo.

O Brasil está recebendo cada vez mais sul-americanos que querem viver aqui. E o contrário também acontece. Os brasileiros estão se mudando e procurando oportunidades de trabalho em outros países sul-americanos. Esse aumento da atividade migratória pode inclusive contribuir para que a pretendida liderança brasileira do continente passe de ser uma vontade e se torne, de fato, uma vocação – desejada também pelos seus vizinhos.

Por outro lado, a melhoria econômica das últimas duas décadas impulsionou as viagens de brasileiros ao exterior, que deixaram de ser apenas para cidades europeias ou norte-americanas. Hoje, escuto com prazer as notícias de amigos brasileiros que visitam Buenos Aires, Santiago do Chile, Cartagena, Havana e a minha cidade, Lima. De acordo com as minhas estatísticas pessoais, o número de brasileiros que hoje me pergunta por Lima, comida peruana e Machu Picchu, aumentou 1000% desde o dia em que cheguei ao Brasil.

Há ainda muitas barreiras burocráticas a derrubar, que por vezes podem ser maiores que as geográficas. O Brasil e o Peru, por fim, estão conectados pela estrada interoceânica, que une fisicamente os dois países e que abrevia o caminho do importantíssimo comércio com a Ásia. Mas depois de quatro anos de uso, não existe ainda uma efetiva troca bilateral de produtos. Um executivo da Ormeño, a empresa de ônibus peruana, que liga São Paulo a Lima em quatro dias, reclamou que havia sido construído um carpete de asfalto por onde só passa a sua linha de ônibus e que, até hoje, não se conseguiu estimular o comércio.

Essa linha de ônibus São Paulo-Lima é mais uma evidência de que o fluxo de migração está aumentando e que favorece a troca e o conhecimento entre os dois países. É impressionante como a percepção dos outros melhora com a convivência. Num país onde as distâncias não ajudam o conhecimento cultural e geográfico, o fluxo de estrangeiros está conseguindo fazer proezas. Basta recordar os dias da Copa do Mundo, em que a invasão gringa trouxe aos brasileiros novas informações sobre colombianos, mexicanos, chilenos ou holandeses. Foi especialmente interessante a mudança de percepção relativa aos alemães, cujo estereótipo, apesar da vitória esmagadora e inesquecível sobre o Brasil, passou de uma imagem introspectiva e negativa, para extrovertida e positiva.

Está ainda por enfrentar o desafio de receber os haitianos e africanos que chegam em grande número pela fronteira amazônica e cuja imigração já começa a gerar debates. Dias antes de escrever este texto, passei pela Igreja de Nossa Senhora do Rosário dos Homens Pretos, no largo Paissandu – templo de uma irmandade católica formada primeiro por escravos e, depois, por seus descendentes. Fiquei surpreendida ao descobrir que são os atuais frequentadores – novos imigrantes haitianos e africanos – quem mais se identificam com os santos negros do recinto. Na cidade de São Paulo que se destrói e constrói infinitamente, a história se escreve e se reescreve todos os dias.

A imigração é uma das faces boas de um país dinâmico que cresce e se transforma. As melhorias econômicas, as obras de infraestrutura que ligam o país ao resto do continente e ao mundo, o comércio mais aberto, e investimentos na educação, que, ainda que lentos, vão melhorando as escolas e os currículos, devem ser o motor de uma esperança que abra caminhos para a redução de males como a desigualdade, a desinformação e a violência que parece ser – mas não é – gratuita.

O Brasil não é o paraíso que os cronistas ofereceram ao mundo, nem é a crítica a essa visão extraterrena feita por Sérgio Buarque de Holanda, mas pode, a médio prazo, virar o país do futuro imaginado por Stefan Zweig, deixando de ser uma miragem para os brasileiros e estrangeiros que há muito sonhamos com isso.

Tradução de Hugo Gonçalves

Rio de Janeiro

Tom Phillips

INGLATERRA

# FÉRIAS NA COREIA

Foi no décimo segundo dia das minhas férias no Rio que dei por mim no meio da rua e de mãos dadas com um grupo de homens armados. À minha esquerda estava um soldado da facção do tráfico Terceiro Comando Puro (TCP), do qual eu não sabia o nome. Usava havaianas e tinha um fuzil AR-15 pendurado no ombro. E, à minha direita, estava um velho conhecido dos meus tempos de correspondente no Rio – o pastor evangélico pentecostal Dione Santos.

"Quem manda aqui é Jesus, rapaz!", gritava Dione para o traficante, usando a sua mistura de coragem e bonomia. "Tá pensando que quem manda aqui é tu? É Jesus, pô!"

Tinha decorrido pouco mais de uma semana desde que eu regressara ao Brasil, vindo da China – a minha casa após ter deixado o Rio uns anos antes – e, como costume, Dione tinha me atirado para águas profundas.

Ele vira os jovens traficantes quando estávamos falando longamente sobre o passado, e decidira que eles se beneficiariam de um sermão e de uma prece. Saltou do seu Eco Sport prateado e convocou-os para junto dele. Seguindo as ordens de Dione – e ai de quem desobedecesse – formamos um círculo e demos as mãos no meio da Estrada do Taquaral, a artéria principal que cruza toda a região.

"Bendito Deus criador do Céu e da Terra", começou Dione, abstraído das motos e dos ônibus que passavam por nós a grande velocidade.

"Venho te pedir pela vida dos teus 'filho', meu Pai, jogando por terra toda obra do Inferno, tudo aquilo que Satanás armou contra a vida dos teus 'filho', meu Pai. Eu te peço agora pela alma, pelo espírito, meu Pai, pelos sonhos, pelos projetos, meu Pai. Pai, livra-nos do caveirão da morte, do homem que maquina o mal, do policial matador, meu Pai."

Quando disse as últimas linhas da oração, a voz de Dione transformou-se num grito sem pausas para respirar. Os traficantes, de cabeça baixa, olhavam os próprios pés.

"Eu te peço agora, meu Pai, que transforme teus 'filho' em homens de Deus, meu Pai, homens dignos de manifestar e testemunhar a tua grandeza, meu Pai. Eu te clamo, te rogo, te peço, meu Pai. Livra-nos de todo mal e que todo mal, em nome de Jesus, saia. Em nome de Jesus saaaaai!"

A noite tinha caído sobre o Complexo da Coreia, uma favela delapidada, na Zona Oeste, onde Dione nasceu e cresceu, e onde a vida, ao nosso redor, parecia correr normalmente. Iluminados pelo brilho âmbar dos postes de rua, os cartazes multicoloridos da campanha eleitoral espreitavam desde a escuridão, anunciando promessas de mudança que nunca seriam mais do que isso.

Os moradores dirigiam-se para casa, passavam por barracas de cachorro-quente, salões de beleza e pichações encomendadas pelos traficantes que, julgando pelas frases, não tinham decidido ainda se iam à igreja ou à guerra. Nas paredes, estava rabiscado: "Vai Morrer Polícia!" e "TCP". Depois: "Deus existe", "A vida com Jesus é Melhor".

"Se precisar, estamos aqui pra ajudar, valeu?", disse Dione enquanto voltávamos para o carro. "Falou, pastor", disse um dos traficantes do grupo, ao mesmo tempo que, rebocando a sua arma automática, regressava bovinamente ao trabalho.

Durante quase uma década, no princípio do século XXI, o Rio de Janeiro foi a minha casa – primeiro como estudante universitário, depois como jornalista e cineasta. Vivi em vários bairros da cidade: Lapa, Botafogo, Vidigal, Leblon, Copacabana, Catete e, por fim, Arpoador.

Mas, em muitos aspectos, o lugar que mais me ensinou sobre a cidade foi a Coreia, um labirinto em expansão – feito de prédios de habitação social e barracos –, espremido entre os bairros pobres de Bangu e Senador Camará. Após mais de dois anos conhecendo a área, fiz um filme sobre a relação de Dione com os traficantes locais – *Dancing with the Devil* (Dançando com o Diabo). Foi na Coreia que vi garotos de 12 e 13 anos com metralhadoras AK-47 e que percebi os desafios gigantescos enfrentados pelos governadores do Rio que tentam regastar a cidade da beira do precipício.

Foi na Coreia que vi policiais em uma semana trocando tiros com os bandidos e, na outra, vendendo coletes à prova de bala para os mesmos. Foi na Coreia que vi homens adultos serem espancados, quase até à morte, por venderem aos usuários fermento em pó em vez de cocaína – foi ali também que compreendi como seria difícil pacificar a cidade e que conheci um sanguinário chefe do tráfico, cujo apelido era Aranha, mas que, com o passar do tempo, passei a conhecer como Juarez.

Numa sexta feira 13, em março de 2009, uma furiosa trovoada atacou o Rio e o meu tempo na Coreia chegou ao fim. Juarez morreu debaixo de um toró de balas da polícia e outro traficante, que eu não conhecia, tomou o seu lugar e decidiu que a presença de um jornalista já não era desejada.

Esse episódio encerrou meu envolvimento com uma área que me abrira muitas janelas sobre o Rio – e que me permitira entender melhor a cidade. No entanto, cinco anos após a morte de Aranha, quando comecei a planejar as minhas férias de 2014, pareceu-me ser um bom momento para regressar à Coreia. Nos anos após a minha mudança – de um Rio de paisagem acidentada e dramática para uma lúgubre e autoritária China urbana – muito tinha acontecido, incluindo uma Copa do Mundo. Museus e restaurantes estavam abrindo as suas portas, pontes e estradas estavam sendo construídas, e complexos habitacionais brotavam do solo, disparando em direção ao céu azul cobalto do Rio – o mesmo que desejava desde o meu recanto chinês, asfixiado pela poluição, na cidade de Xangai.

Mesmo nos últimos meses de Rio, quando fazia as malas e dizia adeus, a palpável e revigorante sensação de mudança estava presente em quase todas as matérias que eu escrevia sobre a cidade. Tinha me esgueirado para cima de uma laje, na Rocinha, nas primeiras horas de uma manhã de novembro, e observado três mil soldados avançando morro acima para "pacificarem" a maior favela da cidade, dando assim seguimento à nova e colossal iniciativa de segurança, que pretendia baixar a taxa de criminalidade e devolver as ruas aos cidadãos cumpridores da lei.

Eu já tinha encontrado com portugueses e espanhóis, com cursos superiores, que abandonavam o declínio econômico da Europa e esperavam alcançar um pedaço do *boom* econômico carioca instigado pelo petróleo. E já tinha passado uma tarde com o extravagante bilionário Eike Batista, que profetizou liricamente sobre o futuro do Rio – segundo ele, um híbrido tropical, mistura de Califórnia, Nova York e Houston.

"Se imagino o Rio daqui a dez, quinze anos… Vai ser inacreditável", disse-me, uma tarde, enquanto admirávamos a Baía de Guanabara beijada pelo sol. "Isso é o Paraíso", decretou. "Como cidadão do Rio de Janeiro, é maravilhoso, porque posso ver a solução", gabou-se Eike, falando das novas UPPs [Unidades de Polícia Pacificadora] que ele estava ajudando a financiar na esperança de recuperar as ruas da cidade de homens como o Aranha e, talvez, ganhar algum dinheiro no caminho. "Deu certo, está dando certo."

No entanto, apesar de todo o entusiasmo de Eike – e daquilo que eu tinha apurado sobre o as transformações que estavam ocorrendo no Rio (entre elas um projeto de arranha-céus de Donald Trump)–, me perguntei se os principais problemas estavam realmente sendo enfrentados ou se tudo aquilo seria apenas maquiagem, um estratagema elaborado para (literalmente) inglês ver – e o eleitorado também –, fazendo todos acreditar que, por fim, as coisas estavam se movendo na direção certa.

Na primeira manhã do meu regresso, enquanto cruzava a cidade de carro, vi a propaganda eleitoral colada nas casas de tijolo que ladeiam a Linha Amarela e comecei a anotar os *slogans* no meu celular.

"Com você pelo Rio."
"Juntos mudando o Rio."
"Vamos juntos embalar o Rio."
"A mudanca só começou!"

A última frase pertence a Pezão, candidato à reeleição para governador do estado. Claramente os seus estrategistas esperavam que a campanha capturasse o que eles viam como sendo o espírito do nosso tempo – o *zeitgeist* carioca. A mundança estava no ar – e eles queriam que acreditássemos nela.

Mas quanto dessa mudança era real e quanto era marketing? Estava dirigindo na direção do Complexo da Coreia para descobrir a resposta.

"QUEM MANDA AQUI É JESUS, RAPAZ!", GRITAVA DIONE PARA O TRAFICANTE. "TÁ PENSANDO QUE QUEM MANDA AQUI É TU? É JESUS, PÔ!"

Desde o meu prédio de 39 andares, em Xangai, são 8850 quilômetros – de carro, avião, trem e moto – até chegar ao Complexo da Coreia. A viagem começou no interior de um inseguro e caído Santana, empesteado de fumaça de cigarro, que passou ruidosamente pelos edifícios coloniais em decadência, e depois avançou pela teia cinza de uma Xangai sempre em expansão até chegar a um dos maiores aeroportos do planeta. A jornada terminou na porta de casa do meu amigo de muitos anos, Alan, grande como um urso, que viveu quase quatro décadas na Vila Aliança – uma das doze comunidades que formam o Complexo da Coreia.

Enquanto bebíamos um café enjoativamente açucarado, ele ofereceu uma avaliação franca do que mudara e não mudara no tempo em que eu tinha estado fora.

"Aqui é o faroeste, parceiro. É a terra de ninguém", disse Alan. "Onde eu moro as coisas estão como estavam há cinco anos. E daqui a cinco anos não acredito que vai ser diferente."

Para provar seu ponto de vista, Alan me convidou para uma rápida excursão pelos velhos problemas do bairro e descemos as ruas estreitas e os becos escuros numa moto Honda Falcon, passando rapidamente por pichações e fuzis – tão desfocados pela velocidade que pareciam um borrão de tinta.

Os soldados que governam esse bairro brasileiro não são difíceis de encontrar. Descobri o primeiro em menos de um minuto. Estava encostado numa parede, um fuzil preto FAL pousado no seu colo como se num berço, e uma camiseta branca com a foto de um bebê e a frase: "Papai te ama". Um pouco mais abaixo estavam dezenas de homens armados, os fuzis pendurados nos ombros ou descansado em cima das mesas de plástico do bar, as pistolas presas à cintura.

Paramos para falar com um homem maltrapilho, de uns trinta anos de idade, que estava dando um passeio. Contou que, havia pouco tempo, trabalhava numa das fábricas de droga da Coreia, enfiando cocaína e outros químicos em pequenas cápsulas, do tamanho de uma unha. Mas o branco dos seus olhos, agora amarelado, indicava o preço pago pela sua saúde por causa da exposição às drogas pesadas. Ele contou que tinha pedido um tempo ao chefe do tráfico antes que os danos fossem permanentes.

"Se não tivesse saído agora eu não estaria mais aqui, tinha virado comentário nas ruas."

Outros parecem se dar bem melhor no mercado das drogas: numa outra esquina encontramos um homem baixo e rechonchudo, vestindo uma camiseta regata e tentando vender um massivo relógio de pulso dourado, da marca Invicta.

"Quanto custou esse relógio?", perguntei

"Mil e quinhentos", respondeu.

Não era meu estilo. Mas nesses tempos de ostentação – em que quanto mais dourado melhor –, não demoraria muito para um dos traficantes arrematar a peça.

Um jipe branco parou no outro lado da rua, lá dentro estava Flávia, uma loira de saltos *stiletto*, advogada das facções do tráfico, conhecida por tirar da cadeia e manter a salvo da justiça os traficantes mais selvagens. Conhecera Flávia anos antes, e ali continuava ela, bebericando o seu Red Bull enquanto fazia as visitas profissionais do dia.

Havia um último lugar que eu queria visitar antes do fim da excursão: a Rua do Matemático, uma via residencial e tranquila, que, como a maioria das ruas por ali, tomara o nome de um ofício.

Tinha sido ali que Aranha, o antigo chefe do tráfico na Coreia, morrera cinco anos antes – o fim da sua vida tinha originado também o fim do meu acesso àquela área da cidade. Na versão oficial, Aranha dera de cara com uma patrulha da polícia, acidentalmente, e fora baleado após ter sido o primeiro a disparar. Mas testemunhas afirmam que ele fora atraído para uma emboscada, o seu corpo inflado de balas antes sequer que pudesse alcançar a sua pistola Glock preta.

Uma foto macabra do cadáver estropiado apareceu no blog de um jornalista de crime juntamente com o cabeçalho: "14º Batalhão corta a teia de Aranha".

Cinco anos mais tarde, quando regressei ao Rio, ainda se viam buracos de bala no lugar onde Aranha fora abatido. Mas eram aquelas marcas do tiroteio que o matara ou de todos os outros que aconteceram depois? Era impossível saber.

Não há uma cruz desenhada no lugar onde Aranha tombou, mas, talvez para realçar a importância do local, alguém escrevera a palavra "bala", com tinta azul, no outro lado da rua. Um *cartoon* desbotado do Fuleco, mascote da Copa de 2014, no Brasil, parecia observar-nos.

"Viu?", disse Alan, como se apresentasse as conclusões finais da nossa excursão. "Bangu tá a mesma coisa: tiro, bomba, caveirão."

Nessa tarde, eu tinha conseguido aparecer na igreja do pastor Dione – Assembleia de Deus, Ministério Restauração, na Rua Alexandre, uma via secundária e pequena no coração da Coreia. Ele guiou-me pela entrada, nova e alargada: uma porta dupla, de vidro, ADMR escrito com letras amarelas.

A vida de Dione, cuja obsessão sempre fora trabalhar, parecia ter mudado muito em cinco anos. Ele reduzira as missões noturnas de salvação das almas nos territórios dos traficantes – que eu acompanhara em tempos –, mas andava pelo país, pregando em igrejas de todo Brasil. Dione também estava trabalhando como vendedor em *part-time* e comprara um carro novo. Entretanto, a sua família tinha crescido – em vez de três passaram a ser cinco. Lucas Jhony, o filho adolescente, ganhara dois irmãos: Davi Jhony, um bebê adotado, filho de uma viciada em crack que aparecera na igreja, e Nicolas Jhony, um bebê de três meses que Dione tivera com a sua mulher, Bianca.

"Eu dedicava minha vida totalmente à igreja", disse Dione, "e não pensava na minha família, como você sabe. Hoje eu já sou família."

A igreja de Dione também crescera desde a minha última visita – tal como a sua fama e a sua congregação – e ocupava agora um quarteirão inteiro.

"Vai ficar show de bola", disse Dione, sorrindo, enquanto passeávamos pela igreja em expansão e ele me mostrava divisões que pretendia transformar em espaço de oração e num quarto de hóspedes para pastores visitantes.

Desde a minha última visita, os nomes dos traficantes que mandavam no bairro de Dione tinham mudado. Aranha estava morto, Vascão estava morto e Claudinho Nonô estava morto. Tola, um bandido gordinho e flamenguista fanático, baleado tantas vezes que a sua perna parecia uma vela derretida, estava na prisão. A área era agora controlada por Peixe e Gil. E, pela minhas contas, pelo menos seis chefes do tráfico tinham sido abatidos pela polícia ou pelos seus camaradas desde que eu deixara o Rio – uma média superior a uma morte por ano.

Mas as alterações administrativas na estrutura do tráfico não tinham mudado nada na vida de Dione e, apesar de toda a conversa sobre as boas mudanças no Rio, uma imaginária linha de montagem continuava entregando jovens – desesperados e abandonados – na porta da sua igreja da Rua Alexandre. O centro de abrigo temporário de Dione estava tão lotado que o pastor vira-se obrigado a abrir outro centro, numa zona rural, para a reabilitação de dezenas de rapazes que ali viviam e trabalhavam.

"Teve um festão, a Copa do Mundo, mas e aí?", disse Dione. "E o dinheiro que foi gasto? Gastaram um balde de dinheiro e nada mudou. A saúde continua a mesma coisa. A escola a mesma coisa. Os salários dos policiais também."

Mas além de homens procurando ajuda, também mulheres tinham aparecido no centro – uma dúzia delas estava vivendo no piso superior da igreja, um número que crescera desde que, uns dias antes, chegara uma garota chamada Milene.

Milene tinha 14 anos e fora banida pelos traficantes (Dione não disse a razão) que ainda dominavam a Cidade de Deus apesar da chegada da pacificação em fevereiro de 2009. "Foi amarrada", disse o pastor, apresentando a história de Milene. "Os bandidos iam matar ela. Mas depois pediram pra gente trazer ela pra igreja. Está aqui tem uma semana."

Agora pai de três filhos, Dione tinha reduzido, nos últimos anos, as visitas noturnas a cracolândias e fábricas de droga. Mas o seu papel de mediador e de salvador de emergência da comunidade parecia inalterado.

Em maio, antes da Copa do Mundo, a área ganhara notoriedade mundial ao saltar para as manchetes internacionais depois que as imagens da equipe de futebol local – patrocinada pelos traficantes – chegaram à redação do jornal "Extra". Essas imagens mostravam meia dúzia de bandidos disparando extravagantemente as armas automáticas para o ar, após a sua equipe ter marcado um pênalti – os jogadores vestiam réplicas do uniforme da seleção brasileira, as camisetas amarelas e resplandecentes, e, nas costas, o número 10 juntamente com o nome do líder do tráfico local. Horas depois de aparecer na página de internet do jornal "Extra", as imagens tornaram-se globais.

"Fãs de futebol brasileiro celebram gol com uma chuva de balas de AK-47!", gritava um título do jornal "*New York Daily News*".

"Quando pensávamos que a Copa do Mundo não podia ter mais imprensa negativa, um vídeo de bandidos do Rio de Janeiro, disparando carregadores inteiros de metralhadora para o ar, num jogo de futebol numa favela local, enquanto celebram um gol, se tornou viral", noticiou o "*Russia Today*".

"De fato, não tínhamos conhecimento desse episódio", disse um policial constrangido ao jornal britânico "*The Telegraph*". Tratava-se da mesma lenga-lenga de banalidades sem sentido e de desculpas esfarrapadas que, com os anos de trabalho como jornalista no Rio, me deixavam cansado e me faziam duvidar que uma mudança duradoura seria possível.

Furioso e temendo que a exposição midiática indesejada pudesse levá-lo à prisão, Peixe, o chefe local, decidira fuzilar todos os que tinham sido filmados disparando as armas depois do gol.

"Todo mundo que deu tiro ali, ele queria matar", recordou Dione, que estava entre a torcida que assistira ao jogo nesse dia e que decidira que deveria intervir a fim de evitar um banho de sangue.

FOI NA COREIA QUE VI POLICIAIS EM UMA SEMANA TROCANDO
TIROS COM OS BANDIDOS E, NA OUTRA, VENDENDO COLETE
À PROVA DE BALA PARA OS MESMOS

"Tive que reverter a situação, mostrar pra ele que aquilo que aconteceu não foi por maldade – foi pela emoção. Tá entendendo? E o que eu falei pra ele: que os garotos que estão ali, que deram tiro, são esses garotos aí que dão a vida por você, pô, quando o caveirão vem e troca tiro com você. Infelizmente, o Diabo quis isso aí. Eu louvo a Deus que tô aqui, que presenciei tudo, para te alertar e abrir a tua mente pra você ver que tudo que o Diabo faz é para te deixar mais ruim. E que se tu matar geral, aí, só Jesus, cara..."

Só mesmo Jesus, pensei.

Tal como as siglas das facções do tráfico, muitas das mudanças que estão acontecendo no Rio são designadas por três letras.

Há o BRT – a rede rodoviária de muitos milhões de reais que cruza a cidade de leste a oeste. O site do BRT, em várias línguas, louva os seus veículos, que agora percorrem 56 quilômetros de autoestrada e que, todos os meses, poupam quatro milhões de horas aos passageiros. "*I know I can count on you*" é o mote inglês do BRT. Para os visitantes espanhóis: "*Sé que puedo contar contigo*".

E há as UPPs – as supostamente pioneiras Unidades de Polícia Pacificadora, que foram instaladas em 40 comunidades, a grande maioria delas nas áreas turísticas, excluindo territórios vastos da cidade como a Coreia.

Também as UPPs podem se gabar de ter uma versão em inglês do seu site – caso os amigos estrangeiros do Rio precisem de informação sobre as transformações na cidade – e um *slogan* internacional: "*UPP came to stay*" – a UPP veio para ficar. O site mostra fotos de sorridentes moradores de favelas e traduções trapalhonas para o inglês de entrevistas com oficiais e responsáveis pela segurança do Rio.

"Conseguimos inverter uma imagem histórica, que o Rio teve durante muitos anos", diz uma citação do chefe da Polícia Militar, José Luis Castro. Só mais tarde fui capaz de entender o que ele queria dizer, mas não estava convencido.

Também há o MAR – Museu de Arte do Rio –, uma galeria de classe mundial que é, neste momento, a peça central de um ambicioso projeto de revitalização, que pretende transformar a zona do porto, antes perigosa e abandonada, numa espécie de resposta ao espetacular e milionário Puerto Madero, em Buenos Aires.

Fui ao MAR, uma manhã, para ver uma exposição sobre o Cais do Valongo – lugar por onde terão entrado mais escravos no Brasil –, e segui um grupo de crianças de uma escola pública a fim de ver as suas reações durante exposição.

"Será que o negócio da escravidão realmente acabou?", perguntou uma guia, afro-brasileira, enquanto as crianças, quase todas afro-brasileiras, viam documentos do século XIX que ditavam a quem pertenciam duas escravas.

"Não", disse a guia, antes que algum dos estudantes respondesse. "Porque ainda existem vestígios da escravidão." As crianças também viram fotos que documentavam as invasões das forças especiais em favelas do Rio, e uma imagem icônica, de 1982, de trabalhadores negros que tinham sido amarrados pelo pescoço e exibidos diante das câmeras depois de serem detidos pela polícia.

Mais adiante, um artista criara o cadáver de um jovem com pedaços de concreto da Perimetral recentemente implodida – mais uma medida para recuperar o porto. "É assim que muitos políticos veem as pessoas que vivem em favelas", disse a guia. "Alguém morreu? Joga no lixo. Como acontecia com os escravos."

Para alguém, como eu, agora acostumado a viver numa China autoritária – onde até a crítica mais dissimulada ao Partido Comunista acarreta a possibilidade de acabarmos na cadeia –, aquele me pareceu um extraordinário exemplo de debate aberto, sobre o passado e o presente, ainda mais num museu financiado pelo governo. Era também uma homenagem às grandes mudanças que ocorreram no Rio desde o fim da ditadura e do regresso da democracia na década de 1980.

No entanto, eu me perguntava qual era o propósito de toda aquela abertura se ninguém na cidade parecia ouvir; se, lá fora, a matança continuava. Todos os dias os jornais do Rio estão cheios de denúncias devastadoras sobre os males sociais, a corrupção, as chacinas e a desistência da juventude. Mas apesar de tanta discussão – e das inúmeras páginas de indignação na imprensa – muito pouco parecia estar mudando.

"É ASSIM QUE MUITOS POLÍTICOS VEEM AS PESSOAS QUE VIVEM EM FAVELAS. ALGUÉM MORREU? JOGA NO LIXO. COMO ACONTECIA COM OS ESCRAVOS"

As notícias diziam que os assaltos de rua estavam aumentando novamente, tal como as mortes entre policiais e provocadas por policiais; as balas perdidas ainda ceifavam vidas e os jovens pobres, a maioria deles negros, moradores de favelas, continuavam morrendo todo dia.

Uma manhã, a secção dos leitores do jornal "O Globo" publicava uma carta com o título "Pior que Gaza", que sublinhava que 206 mil brasileiros – tive que ler o número duas vezes – tinham sido assassinados nos últimos quatro anos. "O Brasil é líder mundial em cirurgias plásticas, ou seja, sabemos manter as aparências", troçava o autor. E não estava errado.

No dia após a minha visita à Coreia, o celular vibrou às 7h30 da manhã com uma mensagem do meu amigo Alan. "Tá dando tiro pra caralho aqui."

Na maioria das cidades fora do Iraque ou da Síria uma batalha de duas horas, com armas automáticas, faria as manchetes do dia seguinte. No Rio, quase não foi noticiada. Uma história sonsa, de apenas 76 palavras, no jornal "O Dia", informava que uma pistola, uma granada e um fuzil tinham sido apreendidos durante o confronto, embora não fosse explicado como.

"Segundo a Polícia Militar três pessoas foram feridas e encaminhadas para o Hospital Estadual Albert Schweitzer, em Realengo", concluía o texto. Reconheci o nome do hospital imediatamente – era o mesmo onde o corpo mutilado de Aranha fora largado e fotografado cinco anos antes, no dia 13 de março de 2009.

Dione queria me mostrar que, apesar de tudo, algumas coisas estavam mudando de fato. Por isso, uma noite, saímos da igreja para que eu pudesse conhecer a sua tentativa de mudar, pelo menos, um pedaço do Rio. Passamos rapidamente pela entrada da Vila Kennedy – uma favela vizinha com a qual os traficantes da Coreia mantinham uma longa relação de conflito que, ocasionalmente, resultava em derramamento de sangue. Vimos os cartazes acabados de pendurar e que propagandeavam a recém instalada força de pacificação. Viramos à esquerda e ladeamos a prisão local, um complexo gigante de blocos esquálidos e celas sobrelotadas, onde aqueles que Dione não conseguira salvar acabavam com frequência – se tivessem sorte.

Quinhentos metros adiante – atrás de uma igreja rival cujo cartaz de boas-vindas dizia "Jesus vem em breve" – estacionamos na frente de um portão de metal. Era o Rancho dos Profetas, um centro de reabilitação, fundado em 2010, quando a igreja de Dione deixara de ter espaço para receber as hordas de rejeitados e inadaptados que apareciam na sua porta.

"Hoje temos quarenta pessoas aqui", informou Dione assim que paramos o carro diante da entrada da propriedade de 24 mil metros quadrados e desembarcamos junto de uma construção de pedras brancas com a frase: "Jesus Dono Desse Lugar".

Quatro anos antes, o Rancho dos Profetas era um terreno baldio, uma lixeira, onde os usuários ficavam fumando droga e onde "o cara do Comando Vermelho levava os carros roubados para desmontar e queimar o resto", explicou Dione.

Mas a igreja precisava de espaço e Dione teve a ideia de construir um centro de reabilitação. Juntou doações, conversou com o chefe do tráfico e, em 2010, comprou o terreno por 32 mil reais. Tratava-se de uma pechincha tendo em conta o sobreaquecimento do mercado imobiliário do Rio – mas era também uma prova do desinteresse geral por aquela área abandonada da cidade.

> A SECÇÃO DOS LEITORES DO JORNAL PUBLICAVA UMA CARTA QUE SUBLINHAVA QUE 206 MIL BRASILEIROS – TIVE QUE LER O NÚMERO DUAS VEZES – TINHAM SIDO ASSASSINADOS NOS ÚLTIMOS QUATRO ANOS

"Era uma lixeira, não tinha nada aqui", disse Dione, com orgulho, guiando o caminho por umas escadas de concreto até chegarmos ao edifício de dois andares – inacabado, mas impressionante – recheado com os beliches e as bíblias dos 40 residentes.

Avançamos por um caminho estreito, através de um campo minado por excrementos de cachorro, até chegarmos a uma piscina de pedra que os residentes construíram, entre o mato circundante, na sombra de uma mangueira.

"É aqui que batizamos os fiéis – já fizemos mais de dez sessões", disse Dione, o que representava mais de 150 novos convertidos na sua igreja nos últimos quatro anos. Cento e cinquenta almas. Dione estava satisfeito.

Mas Dione também aprendera que a Palavra de Deus, sozinha, não era suficiente para impedir os jovens de regressarem a uma vida de crime. Por isso, convertera parte do edifício em salas de aula, onde os fiéis da igreja podiam aprender a consertar computadores e aparelhos de ar-condicionado.

"É preciso desenterrar os talentos escondidos quando eles estavam envolvidos com as drogas", disse ele.

Uma das salas estava sendo modificada para se tornar uma escola de cabeleireiros. Um espelho oval, típico dos barbeiros, era sustentado por uma pilha de livros para aprender inglês, com fotografias da Catedral de São Paulo e do Big Ben, em Londres.

"Evite se envolver com más companhias", dizia a frase feita em inglês, numa das primeiras lições de gramática do livro. "Recusei quebrar a lei outra vez. Não sou mais um ladrão."

Na outra ponta do edifício, num pátio, dezenas de jovens, atrás de mesas de madeira, liam o Evangelho segundo São Mateus. "Então Jesus começou a denunciar as cidades em que havia sido realizada a maioria dos seus milagres, porque não se arrependeram."

Com a chegada de Dione terminou a leitura. Um homem, que se identificou como ex-traficante do Morro da Pedreira, cumprimentou-me com um abraço e pediu que eu assinasse o livro de visitas. Depois, foi servida uma panela enorme com sopa de batata.

Mas antes do jantar, Dione tinha que desabafar. Um dos residentes começara a consumir drogas novamente e fora apanhado roubando a casa da própria mulher. Era um comportamento inaceitável e algo devia ser dito.

"Tem regras em todos os lugares", começou Dione, colocando-se no púlpito do pátio. "Exército tem regras. Traficante tem regras. E aqui também tem regras. Algumas pessoas não entendem. Não obedecem a ninguém. Mas aqui, senhores, vocês têm de seguir as regras. Não vou dizer nomes, mas algumas pessoas insistem em errar. Meu irmão, você não tem que ficar aqui. Eu não ganho dinheiro com isso aqui. Não recebo nada. Suas famílias não me dão nada. Vocês não me dão nada. Não tem lucro. Entenderam? Quem entendeu?"

Os rapazes tinham entendido. "Glória a Deus" – foi o grito coletivo que se seguiu.

Dione sempre fora um inspirado orador motivacional, capaz de conjugar raiva e encorajamento nos seus sermões furiosos e, no entanto, cheios de compaixão. Enquanto ex-traficante que tinha sido capaz de mudar de vida, ele era o homem com quem os residentes podiam identificar-se, e cuja experiência lhes oferecia um mapa para a recuperação.

"Vocês podem ser muito mais do que vocês pensam", Dione disse aos rapazes. "Lembrem onde vocês estavam! Vocês nem deviam estar vivos! Pensem! Sejam diferentes! Sejam melhores a cada dia! Tentem mudar! Tentem ser diferentes!"

Quando Dione terminou o sermão eu sentei para jantar com dois residentes – homens que estavam tentando ser diferentes do que tinham sido. À minha esquerda estava Wagner, e à minha direita, Denis. Comíamos a sopa escaldante em tigelas de plástico e eles contaram como a igreja tinha ajudado a mudar suas vidas. Denis tinha 34 anos e era originário de Ilhéus, na Bahia. Chegara ao Rio em 2006, fugindo de seus pais, e trabalhara como garçom em Vila Valqueire. Também tinha sido viciado em drogas. Gastava todo o salário, e cada vez mais tempo, fumando crack na mal afamada cracolândia de Madureira. Disse que Dione era "um anjo" que o ajudara quando até a sua família tinha lhe virado as costas. "Pedi ajuda a Deus para arrancar esse vício de mim – e já tirou, em nome do Senhor", celebrava Denis, que estava no centro de reabilitação havia sete meses e que se declarava limpo, mas ainda não curado. "Só tava destruindo a mim mesmo. Tem duas pessoas que você pode obedecer: Deus ou o Diabo", concluiu Denis. "Depende de você, você escolhe quem quer seguir. Entendeu?"

Wagner tinha chegado ao centro recentemente e, aos 15 anos, era um dos residentes mais jovens. Falava num tom agudo e alto, de menino de coro de igreja. Wagner fugira do Complexo do Alemão, onde os traficantes se preparavam para executá-lo após uma moradora ter acusado Wagner de estuprar seu filho.

"Saliência", disse Dione, mostrando desaprovação. "Iam mandar ele lá pro desenrolo. Aí ele veio embora – ele não é bobo."

Nos meus derradeiros meses morando no Brasil, a ocupação do Complexo do Alemão tinha sido um dos grandes sucessos e um dos símbolos das transformações na cidade. Em novembro de 2010, veículos do Exército entraram na Vila Cruzeiro, conhecida havia muito tempo por ser uma das favelas mais fortemente armadas – e os traficantes fugiram para o mato nos morros. Um ano e pouco mais tarde, em abril de 2012, a totalidade do Complexo do Alemão, uma vasta área onde moram cem mil pessoas, foi retomada pela polícia – pelo menos essa era a versão oficial.

Mas, em agosto de 2014, a conquista parecia estar se desfazendo pelas costuras. Uma manhã, assistindo à televisão e pulando de canal, vi uma reportagem especial no jornal da SBT. "Os tiroteios são quase diários", informava a repórter, realçando que cinco policiais da UPP tinham sido assassinados no último ano.

A experiência de Wagner também sugeria que os principais problemas – a educação, as oportunidades, a aplicação da lei, a falta de políticas estaduais eficazes e a quase total ausência do Estado – pouco tinham mudado. As UPPs foram criadas para recuperar os territórios das mãos dos traficantes e acabar de vez com o seu brutal domínio sobre as populações. O alegado crime de Wagner tinha sido denunciado aos traficantes – em vez da polícia. E quando os traficantes se preparavam para matá-lo, foi um pastor de uma igreja evangélica, e não o Estado, quem o salvara de uma morte precoce.

"A UPP tá lá. Mas o tráfico também tá lá", disse Dione quando lhe perguntei sobre a situação atual. Tem havido mudança? "Nenhuma", disse ele, bruscamente. "Só deu mais segurança pro tráfico."

A família de Wagner podia visitá-lo no Rancho dos Profetas, mas ele não poderia voltar a casa, explicou Dione, descontraidamente, como se ter a cabeça a prêmio fosse algo comum. Os rapazes sentados à mesa – uma amálgama de jovens desfavorecidos, muitos deles acostumados a pegar em armas, alguns até a matar – balançaram a cabeça em concordância. Para eles, o exílio de Wagner parecia a coisa mais normal do mundo.

Quando me atrevi a sugerir que aquela não era a ordem natural das coisas, Dione olhou para mim com algum desprezo: "É favela, pô! Ó Tom, você tá onde?"

Num de meus últimos dias no Rio, peguei um ônibus que circulava na orla para conseguir uma derradeira dose de sol, areia e paisagem antes de embarcar para Xangai. Em Copacabana, o ônibus parou num semáforo vermelho diante de outro símbolo (com três letras) do novo Rio: Museu da Imagem e do Som – MIS.

Talvez nenhum outro lugar representasse as mudanças que acontecem no Rio como o MIS, um espetacular museu, que custou 65 milhões de reais – uma aposta do governador quando a cidade apresentava a candidatura aos Jogos Olímpicos de 2016.

O projeto do edifício fora entregue a um renomado arquiteto de Nova York e substituíra a boate *Help* na orla de Copacabana, um clube noturno que, durante décadas, tinha sido o lugar de trabalho de prostitutas e o recreio dos turistas sexuais. Diante da *Help*, o MIS parecia ser a metáfora perfeita do Rio que o governo do estado estava tentando projetar. Era uma vitória do glamour, da cultura e da sofisticação sobre a pobreza, o mau gosto e a imoralidade da cidade no passado. Mesmo que a construção do museu não estivesse terminada, era fácil perceber que as impressionantes passadeiras diagonais tinham a intenção de ser uma poderosa declaração sobre o novo Rio: futurista, confiante, progressista, que vai chegar longe.

Por alguns segundos, esperando o sinal abrir, olhei para a concha de concreto do edifício, cativado pela sua fachada incomum e curvilínea.

No novo Rio, o governo não perde uma oportunidade para lembrar e louvar as mudanças que estão ocorrendo. Um enorme cartaz, ao redor do estaleiro das obras, pergunta a quem passa por ali: "Tá ficando bonito, não tá?"

Do outro lado da Avenida Atlântica, de fato, parecia fabuloso.

Tradução Hugo Gonçalves

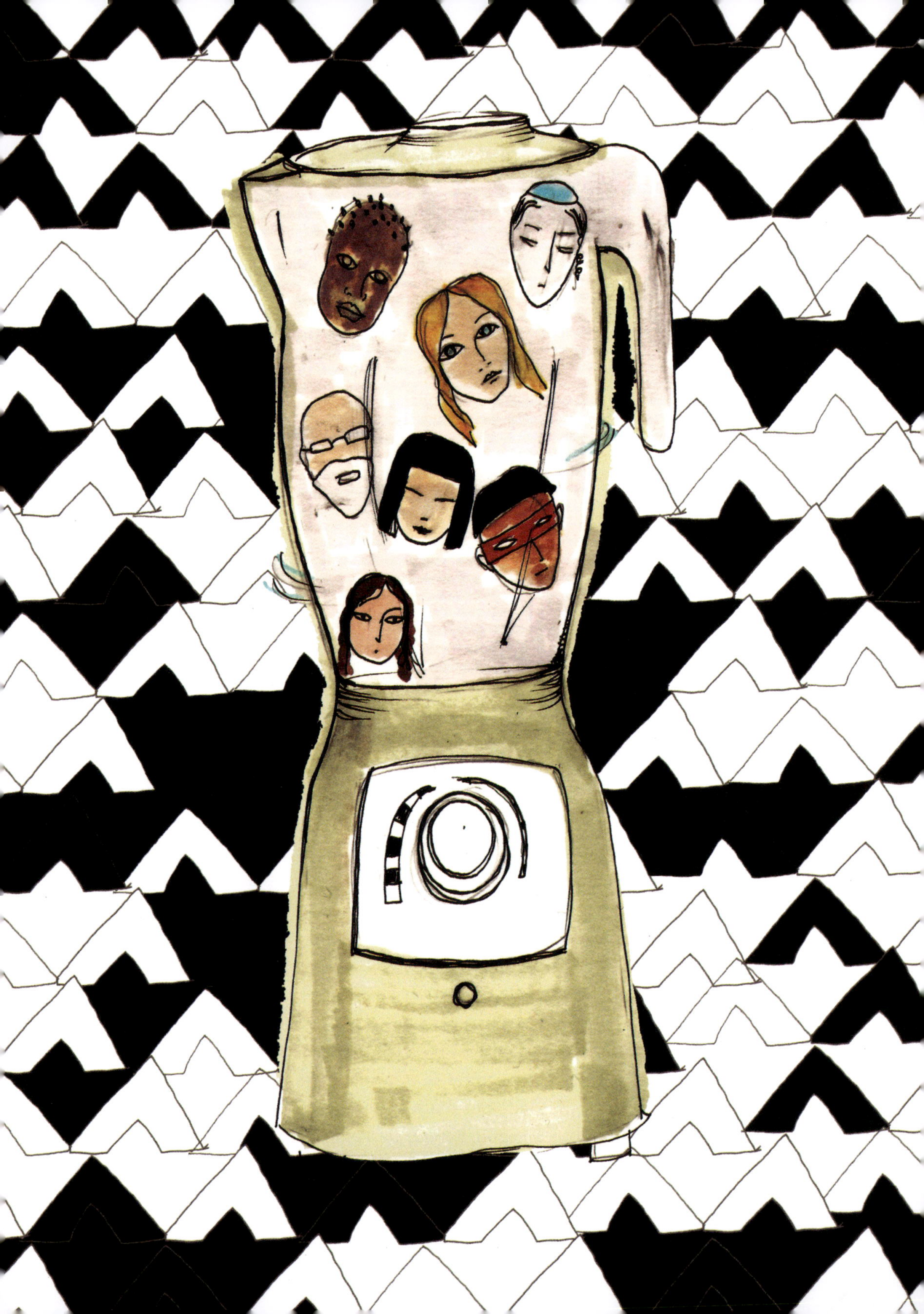

Waldheim García Montoya

**COLÔMBIA**

# O DNA DO POVO BRASILEIRO

O samba, a paixão pelo futebol, a variedade musical, a diversidade cultural e a alegria contagiante do povo brasileiro – características dos 200 milhões de habitantes do gigante sul-americano –, não são atributos fortuitos, surgidos do nada no DNA do povo brasileiro.

Alguma vez vocês se perguntaram de onde surgem esses atributos? Por que a seleção canarinho nunca mostra no campo a entrega e a garra de outras seleções sul-americanas? Por que é pouco provável ver boxeadores brasileiros sendo literalmente massacrados em um ringue, mas mantendo-se de pé até soar a campainha do último assalto, como costumam fazer os mexicanos?

Sempre me preocupei em conhecer um pouco a origem e a formação étnica e cultural daqueles países que visitei ou nos quais morei, e o Brasil, aonde cheguei em junho de 2003, não foi diferente.

A preocupação pessoal ganhou força em 2007, durante uma conversa informal com os integrantes do grupo Maná, após uma coletiva de imprensa oferecida pela banda mexicana de rock antes de um show em São Paulo.

Minha posição poderá parecer negativa, mas não é assim; talvez possa ser crítica, mas, acima de tudo, quero deixar claro que se trata de uma visão de alguém de fora. Sou estrangeiro e casado com uma brasileira. Quero continuar morando por muitos anos neste país, onde cresci profissionalmente, país que sempre me respeitou e abrigou. Porém, com este texto, também desejo mostrar um lado diferente do brasileiro, para que não se entenda esta nação somente através do futebol, das suas mulheres e do Carnaval.

## ANTECEDENTES

Devemos levar em conta que o brasileiro, considerado como um todo, é produto de um conjunto de misturas raciais, culturais e sociais.

Não por acaso o passaporte brasileiro é um dos mais cobiçados no mercado negro e o seu roubo na Europa cresce cada vez mais porque qualquer pessoa pode ser ou parecer brasileira. O aspecto físico não define o brasileiro. Um negro com passaporte japonês ou um loiro de olhos azuis com nacionalidade boliviana, ou um cidadão camaronês com fisionomia oriental, irão sempre despertar a atenção. No entanto, um negro, loiro, latino ou oriental com passaporte brasileiro não provocam estranheza.

A origem do brasileiro está, em parte, nos povos indígenas, que apesar de serem originários da mesma região, se diferenciavam uns dos outros pelos costumes, pela cultura, pela religião e pela língua. Muitos deles continuam morando nas florestas, alguns até em aldeias descobertas em pleno século XXI, comunidades da Amazônia brasileira que nunca tiveram contato com a civilização do homem branco.

A esses indígenas somaram-se os europeus, a maioria deles de origem portuguesa, que por sua vez trouxeram os africanos como escravos para trabalhar nas minas, cultivos e obras do chamado "progresso".

Esses africanos também se diferenciavam uns dos outros no que toca a língua, a cultura e até a fisionomia.

Mais tarde, entre os séculos XIX e XX, com a abolição da escravidão e as posteriores guerras no velho continente, o Brasil recebeu ondas migratórias de grande magnitude vindas da Europa e da Ásia: italianos, espanhóis, árabes e japoneses, entre muitos outros.

O estado de São Paulo, por exemplo, o mais rico e povoado do país, com 44 milhões de habitantes, conta entre sua população, nascida na região – muitos são imigrantes de outros estados –, 70% de descendentes de italianos. No sul do país, região com grande presença de europeus, achamos prefeituras nas quais a língua portuguesa não é a única utilizada e onde as pessoas falam até dialetos já extintos da Itália, da Rússia, da Polônia ou da Alemanha. A arquitetura e os costumes dessas cidadezinhas são fiéis às suas raízes europeias, conservando tradições, música, festas e gastronomia.

Da mesma forma, no Brasil moram cerca de sete milhões de libaneses e descendentes, quase o dobro da população do próprio país do Oriente Médio. O Brasil também tem a maior colônia japonesa do mundo, com um milhão de pessoas. Além disso, é o país com mais negros depois da Nigéria.

Metade da população se autodeclarou negra ou mulata no censo demográfico de 2010 – 45% se considera branca e o restante de outras raças, a maioria destes amarelos, com 2,4%. A raça negra, ainda sofrendo as consequências da desigualdade social e, lamentavelmente, contribuindo com a maior parte das vítimas nas estatísticas da discriminação racial, conquistou, a custo e lentamente, espaços na vida pública e política do país. A feijoada, o samba e a capoeira, aspectos da cultura nascidos entre negros descendentes de escravos, passaram a ser reconhecidos como símbolos nacionais autenticamente brasileiros. As religiões afro-brasileiras, e até a imagem de uma virgem morena (Nossa Senhora Aparecida, padroeira católica dos brasileiros), também ganharam peso dentro das crenças e da fé do povo.

Mas outras raças e culturas estão se apropriando cada vez mais do país e injetando diversidade e riqueza, o que reforça a definição do Brasil como nação multicultural e laica.

Um estudo feito em 2011 pelo especialista em genética Sérgio Pena apontou para o fato de que pessoas brancas, no Brasil, têm até 10% de antecedentes genéticos africanos, e que a população inteira, independentemente da cor da pele, possui entre 60 e 77% de ancestralidade europeia, concluindo que, geneticamente, o brasileiro está mais próximo da Europa – bem como da África e da Ásia – do que está dos indígenas, ao contrário do que acontece com os seus países vizinhos, de predominância racial ameríndia.

Nessa procura para me informar mais sobre a "identidade brasileira" encontrei na pesquisadora Isabel Oliveira o conceito que mais se aproxima com minha visão do país: "Uma das principais questões que acompanha o povo brasileiro desde a sua formação é a construção de uma identidade para o Brasil. A fragilidade e a não afirmação de um país rico e diversificado sócio-político e culturalmente reflete-se nas imagens pré-moldadas e estereótipos generalizantes. Depois de séculos de identidade forjada é imprescindível reconhecer que o Brasil é mais do que florestas, futebol e festas." Ela complementa: "Dessa forma, os traços que marcam a sociedade e a cultura brasileira são, muitas vezes, a reprodução dos costumes de outros países. Quando uma nação não adquire anticorpos culturais, ela não estabelece uma identidade e fica sujeita a penetração de outros estilos de vida e modos de ser, sendo que a mídia é o principal difusor desses conceitos comprados", e concluir que "a construção de uma identidade para o Brasil deve ser pautada não apenas nas atividades e eventos que o país realiza, mas também na rica miscigenação cultural que a nação apresenta".

## AS FILAS

Cronologicamente, foram as filas – ou, mais precisamente, o gosto pelas filas – que primeiro me despertaram interesse para as particularidades do povo brasileiro.

Na minha primeira saída na balada paulistana me deixei levar pelos amigos, alguns deles brasileiros e outros imigrantes bem "adaptados" ao estilo e os costumes locais. Foi assim que, naquela ocasião, me deparei com uma fila em uma boate latina, no boêmio bairro da Vila Madalena. E depois em outra boate, em Itaim Bibi. Até então eu pensava que as filas podiam ser explicadas pelo fato de esses serem lugares em que se tocava música não brasileira e, como havia poucos, a oferta não bastava para satisfazer a demanda do público. Estava errado.

Comecei a prestar mais atenção a esse "gosto" dos brasileiros por fazer filas quando fui a um bar com música sertaneja e, para minha surpresa, encontrei outra vez filas para entrar.

O problema não é a fila em si. Reconheço que se trata de uma forma democrática de controlar o acesso e de respeitar a ordem de chegada, bem como uma medida de segurança, evitando assim uma "sobrecarga" de público (que pode ocasionar uma tragédia, como aconteceu na boate Kiss, na cidade gaúcha de Santa Maria, em 2013).

## FORAM AS FILAS – OU, MAIS PRECISAMENTE, O GOSTO PELAS FILAS – QUE PRIMEIRO ME DESPERTARAM INTERESSE PARA AS PARTICULARIDADES DO POVO BRASILEIRO

Chamou minha atenção o fato de ter que esperar mais de uma hora na fila, em pé, no frio. Lembro-me que, naquela ocasião, perguntei aos meus acompanhantes: "Será que algum artista famoso está se apresentando nesta boate?" E, para minha surpresa, a resposta foi "não".

Um amigo que promovia bares e boates em São Paulo chegou a admitir que contratava pessoas, conhecidas como figurantes, para simularem que estavam na fila e, assim, atrair público.

Naquele momento, a minha conclusão, que coincide com a opinião de outros imigrantes latino-americanos em São Paulo, é que perder uma ou até duas horas da noite paulistana na fila, podendo-se ir a outro lugar, é bastante absurdo. Nesta massa de cimento que é a cidade, todos os dias há um conjunto heterogêneo de opções de entretenimento e gastronomia.

Em diferentes ocasiões tive que esperar uns 40 minutos para entrar em uma churrascaria – com todas as que existem na cidade – e mais de uma hora por um restaurante de comida alemã. Não costumo – e muitos estrangeiros também não – prolongar a fome em uma fila quando posso satisfazê-la em centenas de lugares parecidos que podem ser encontrados em cada esquina de São Paulo.

É por isso que, em 2009, quando foi apresentado em várias cidades do país a exposição itinerante "Fila", das artistas paulistanas Gigi Manfrinato e Sandra Lee, eu interpretei imediatamente sua mensagem artística. Em cada uma das 16 estátuas de tamanho real, feitas de látex, encontrei meus colegas de fila em algum lugar do meu cotidiano no Brasil: o banco, o metrô ou o supermercado.

Outra "experiência" em que reparei foi realizada por um artista na entrada de um prédio na Avenida Paulista. Ele e uns amigos simularam que estavam fazendo uma fila para entrar no prédio e as pessoas que verdadeiramente tinham que entrar no edifício se uniram à fila que, em poucos minutos, já tinha dezenas de pessoas, até que, finalmente, uma delas perguntou se a fila era para ingressar mesmo.

Às vezes, penso que se trata também da necessidade de ter regras, uma norma – sem que isso signifique que seja para cumpri-la. Sou da Colômbia, país com problemas iguais ou piores do que o Brasil, mas chamou minha atenção achar assentos reservados para pessoas idosas, deficientes físicos, gestantes ou adultos com crianças de colo no metrô e nos ônibus, quando todos os assentos deveriam estar disponíveis para essas pessoas; não apenas alguns, mas todos, sem necessidade de marcá-los. O mesmo acontece nos bancos e nos supermercados com seus caixas exclusivos, que por vezes estão lotadas enquanto nos caixas "normais" ninguém cede seu lugar na fila para quem verdadeiramente precisa.

## MEMÓRIA CURTA

O brasileiro esquece tudo facilmente, o que tem um lado positivo quando se trata de superar momentos desagradáveis e dolorosos, como os acidentes aéreos de 2006 e 2007 ou a tragédia causada pelas chuvas na região serrana do Rio de Janeiro, em 2011.

No entanto, essa memória curta tem um lado não tão bom – o brasileiro esquece facilmente as conquistas ou, pior ainda, deixa de reconhecê-las. Em grande parte, a culpa é da manipulação exercida por certa mídia, que em muitos casos possui uma "maioria absoluta" e cujo poder formador de opinião é grande e influente. É quase uma regra que, para que algo ganhe legitimidade, tenha que ser ratificado por determinado meio de comunicação. Isso faz com que alguns personagens ganhem mais visibilidade do que outros. A atriz Alice Braga é uma dessas pessoas. Apesar de ter um sobrenome famoso no mundo do cinema, herança da sua tia, Sônia Braga, ela fez uma carreira sólida e firme em Hollywood, onde chegou após atuar no aclamado filme brasileiro "Cidade de Deus". Em Hollywood, Alice Braga protagonizou filmes com estrelas como Will Smith, Anthony Hopkins, Brendan Fraser, Julianne Moore, Mark Ruffalo, Danny Glover e Gael García Bernal, mas talvez porque ela não tenha tido maior presença na televisão brasileira – principalmente em alguma novela – ou atuado mais em filmes locais antes da sua ascensão à fama, agora poucos brasileiros a reconhecem.

O esporte também não foge a esse tipo de injustiça. Mencionarei três grandes nomes para que as novas gerações descubram suas proezas e não se esqueçam deles como seus pais esqueceram.

Vamos começar com a tenista Maria Esther Bueno. O mais triste a respeito deste caso acontece quando pergunto sobre ela a brasileiros da minha geração (nasci em 1973); a maioria não a conhece. E os mais velhos pensam duas vezes para responder: "ah... a tenista ou a nadadora?". Seria normal que quem foi criança na década de 1970 soubesse quem ela é. Mas a mídia não ajudou muito e ainda menos com as gerações seguintes, que tiveram um ídolo no tênis como Gustavo "Guga" Kuerten, que, apesar de seu carisma e triunfos esportivos, está longe das proezas de Bueno, que ganhou 19 torneios de Grand Slam – sete deles individuais – e foi a melhor jogadora do ranking mundial da WTA (Associação de Tênis Feminino), além de ser declarada a melhor tenista do mundo em 1964 e 1966.

Com o segundo nome acontece o mesmo fenômeno. Paulista como Bueno, Éder Jofre, é sem dúvida o melhor boxeador brasileiro de todos os tempos e um dos mais destacados da América do Sul, juntamente com o argentino Carlos Monzón e o colombiano Kid Pambelé. Jofre já foi considerado pelo Conselho Mundial de Boxe (CMB) como o maior peso-galo da história graças às suas conquistas nos ringues dos cinco continentes na década de 1960, período em que

PALAVRA DE GRINGO

ESSA MEMÓRIA CURTA TEM UM LADO MENOS BOM – O BRASILEIRO ESQUECE FACILMENTE AS CONQUISTAS OU, PIOR AINDA, DEIXA DE RECONHECÊ-LAS foi derrotado apenas duas vezes pelo japonês "Fighting" Harada, em duas decisões controversas dos jurados. Jofre voltou com força na década de 1970 e reapareceu no pugilismo mundial na categoria peso-pena, na qual se coroou mais uma vez campeão mundial e se aposentou invicto, após o falecimento do pai e de um irmão. O "Galinho de Ouro" continuou ligado ao esporte e treinou novas promessas, mas o poder midiático foi injusto e seu nome não recebeu todo o reconhecimento devido. O peso-pesado Maguila – que protagonizou combates muito conhecidos na década de 1980, mas que nunca chegou nem perto de uma porção mínima do sucesso esportivo de Jofre –, perdura mais na memória curta do brasileiro.

O terceiro e último exemplo é Rivaldo. Não digo que ele tenha sido esquecido, já que dificilmente seus gols espetaculares no Barcelona e na seleção possam ser apagados da memória de um povo que leva o futebol no sangue; a questão com Rivaldo tem mais a ver com a falta de reconhecimento do seu talento e da liderança no campo, características decisivas na conquista do último título mundial do Brasil, na Copa da Coreia do Sul-Japão, em 2002, com uma memorável atuação do espigado e magro jogador pernambucano. Tal como aconteceu quando vestiu a camisa canarinho, Rivaldo jogou – com partidas brilhantes – pelos três grandes times da capital paulista: Palmeiras, Corinthians e São Paulo, porém, em nenhum deles é lembrado como ídolo.

Há e continuará havendo muitos Buenos, Jofres e Rivaldos no esporte deste país continental de memória curta.

## O MAIOR DO MUNDO

Quando comecei na agência de notícias onde trabalho, reparei que o "Livro de estilo" – uma espécie de manual utilizado para unificar alguns critérios jornalísticos – aconselhava o jornalista a ter "muito cuidado" com a expressão "o maior do mundo", frequentemente usada pelos brasileiros.

De fato, é bem comum escutar no Brasil frases como: "a maior feira da América Latina", "o maior...", "a maior...", todas elas conferindo uma dimensão gigantesca e importante ao que se descreve, de forma a enaltecer algo.

O jornalista brasileiro-argentino Ariel Palácios lembrava que na Argentina existe o mito de que os brasileiros referem-se ao próprio país, à cultura, ao futebol e aos produtos brasileiros como "o mais grande do mundo" e citou que a frase é pronunciada costumeiramente em Buenos Aires como "O mais grandgi dú múndô", com o erro gramatical incluído, em vez da correta "o maior do mundo" (pelo uso adequado do superlativo).

No ano de 2008, ao assinar um acordo com a Embraer, a presidente argentina Cristina Fernández de Kirchner citou a frase, apesar de errada, como Ariel apontou, e enfatizou: "acho fantástico o orgulho dos brasileiros, que dizem 'o mais grande do mundo'. Isso mostra o orgulho que eles têm."

## O BRASIL POSSUI UMA GRANDE VANTAGEM: AS DISPUTAS REGIONAIS QUASE NÃO EXISTEM

### DA VISÃO DO FUTEBOL

Fazer filas (e gostar disso), ter memória curta ou querer ser sempre "o maior do mundo" não são problemas, ou sequer coisas que estejam fora do lugar – simplesmente nos dão uma perspectiva diferente de outros povos.

Não vamos falar da história do futebol brasileiro, de seus inícios, de suas grandes estrelas como Pelé, Garrincha, Leônidas, Zagallo, Rivelino, Tostão, Zico, Sócrates, Romário, Falcão, Ronaldo, Ronaldinho Gaúcho, Kaká, Roberto Carlos, Rivaldo ou Neymar. A lista seria longa e injusta, porque nos esqueceríamos de alguma estrela desse firmamento de grandes e eternos futebolistas.

Também não falaremos dos cinco títulos mundiais, da rica história dos seus clubes, nem da torcida, mas abordaremos sim um aspecto que tem a ver com a grandeza do futebol canarinho.

A genialidade individual, de Pelé a Neymar, passando por muitos outros, sempre fará parte do DNA dos atletas brasileiros, e é por isso que, quando um jogador diferente aparece, ele se destaca dos outros, mesmo se seu talento for inferior ao restante dos colegas. Um dos casos mais evidentes é o de Dunga, o atual treinador da seleção, que foi, na sua época de jogador, o capitão na conquista da Copa dos Estados Unidos de 1994, com uma entrega e uma raça atípicas entre a grande maioria dos jogadores nascidos no país.

Outro aspecto, ainda falando sobre futebol, que sempre chamou minha atenção aqui, é o regionalismo. Venho de um país onde jornalistas e torcedores ainda travam discussões idiotas na mídia – e agora nas redes sociais e na internet – tomando o partido de uma região em detrimento de outra, e, no momento da convocatória da seleção nacional, começam a criticar o técnico e os dirigentes por terem chamado um determinado número de jogadores de uma zona geográfica e "esquecido" outros, de lugares diferentes.

Neste ponto, com pouquíssimas exceções, o Brasil possui uma grande vantagem: as disputas regionais quase não existem. Para provar isto, basta perguntar na rua a algum pedestre desprevenido de onde é o Kaká. A resposta que recebi da maioria das pessoas foi "ele é daqui, de São Paulo" e voltei a perguntar: "Não, não onde ele jogou, mas onde ele nasceu." A segunda resposta foi a mesma: "Em São Paulo." De dez pessoas a quem perguntei isso, somente duas responderam corretamente "em Brasília". Acontece que, para os brasileiros, importa pouco se Pelé nasceu em Três Corações (MG), ou se Neymar vem de Mogi das Cruzes (na região metropolitana de São Paulo). E aquela rivalidade antiga de quem era o melhor – o "paulista" Pelé (que na verdade é mineiro) ou o carioca Garrincha – ficou para atrás, já não faz parte do DNA futebolístico do brasileiro.

Algumas situações serviram como prova disso: na Copa das Confederações de 2013, assisti ao jogo entre Brasil e México no Estádio Castelão de Fortaleza, e na escalação titular da seleção brasileira apareceram Dani Alves, da Bahia, e Hulk, da Paraíba, como os únicos dois jogadores nascidos no nordeste. Mas isso não teve peso para o Hulk, que foi vaiado. No seu lugar, a torcida pediu que entrasse Lucas, atacante do estado de São Paulo.

Para rubricar a premissa de que no Brasil a origem dos jogadores importa pouco, foi a primeira vez na história do país que, entre os jogadores da seleção que disputaram a Copa de 2014, não foi incluído nenhum jogador carioca. O mais próximo era Ramires, nascido no estado do Rio de Janeiro, mas não na capital do estado. A Copa de 2014 foi também uma das poucas vezes em que não jogaram na seleção jogadores do Flamengo, o time mais popular do país, ou dos quatro grandes paulistas (São Paulo, Corinthians, Palmeiras e Santos), região que atualmente comanda a Confederação Brasileira de Futebol (CBF).

As velhas disputas entre paulistas e cariocas ficaram na história e a "guerra" de bandos está quase limitada aos clubes: o famoso Fla-Flu (Flamengo x Fluminense, no Rio), os duelos entre os quatro times paulistas ou o disputado clássico gaúcho entre o Grêmio e o Internacional (o Grenal, uma das maiores rivalidades do país), mas em todos os casos essa rivalidade não ultrapassa as fronteiras entre times nem contagia a Seleção.

## CONCLUSÃO

Nos debruçamos sobre antecedentes históricos da colonização e imigrações que deram origem a uma nação, produto atual de uma mistura de raças, culturas e costumes; vimos situações cotidianas como as filas e a "memória curta"; analisamos o exagero dos brasileiros e um aspecto nato, como o futebol.

Do sul da Argentina até o extremo norte do estado americano do Alasca, todas as nações tiveram que lutar pela sua libertação dos colonizadores europeus. Assim, as batalhas épicas e os heróis nacionais fazem parte do DNA desses povos, alguns deles com o vermelho impregnado na bandeira, cor explicada, desde os primeiros anos de escolarização, como "o sangue que os patriotas derramaram para dar-nos a liberdade".

Felizmente, o Brasil não teve que passar por esse sanguento processo de anos de lutas e batalhas graças a Dom Pedro I, que declarou a independência da coroa portuguesa em 1822, mas também herdou as bases para o brasileiro ser, em uma fila, um campo ou em muitos momentos da vida, uma pessoa calma e pouco batalhadora.

Sem a agressividade, a garra, a luta ou o temperamento de outros povos vizinhos, o jeitinho (aquele estilo de fazer as coisas contornando às vezes as regras) tem a ver com essa forma como o país ganhou a liberdade.

Por isso, aquela mobilização em massa ocorrida no Brasil em junho de 2013, provocada por diferentes reivindicações sociais, que levou até as ruas cidadãos de todas as faixas etárias, classes, raças e religiões para protestar, não teria tanta transcendência em países vizinhos acostumados com isso, como o Chile, o Equador e a Argentina.

No Brasil, onde não era vista tal mobilização de massas desde o final da ditadura, em meados da década de 1980, as manifestações de junho de 2013 chamaram a atenção do mundo inteiro.

Existe, por vezes, um certo conformismo entre os brasileiros – acentuado pela falta de colaboração entre eles. Mas, ainda assim, o mundo viu o Brasil saindo de uma letargia em muitos setores e áreas, tal como viu as imagens dos manifestantes tomando as ruas. Foi a primeira vez em muito tempo que o povo brasileiro invadiu as principais cidades – rios humanos tomaram as avenidas, sem uma convocatória religiosa, musical ou esportiva.

Era impensável que algo assim pudesse acontecer – e, no entanto, aconteceu, mesmo sem as tradicionais forças políticas como motores dessa onda. Pelo contrário, o movimento conseguiu apoio, respeito, mas pouco se avançou na solução dos problemas. Com exceção do preço das passagens e do PEC 37, nada mudou, aliás, esse é o drama, nada foi feito, nenhuma medida das anunciadas pela presidenta aconteceu.

Após os protestos, a presidenta Dilma queria convocar um plebiscito para a reforma política, mas o plebiscito – uma prerrogativa do Legislativo – nunca foi mais que uma ilusão. Os compromissos com a educação e a saúde assumidos pelo governo após as manifestações nas ruas também aguardam por resultados concretos.

"O gigante acordou" foi uma frase muito gritada nas ruas em junho de 2013. Mas o DNA brasileiro tem memória curta, esqueceu demandas do povo e as promessas do poder. E talvez seja por isso que, olhando para o mês dos protestos, hoje pareça que o "mais grande do mundo", afinal, estava apenas esfregando os olhos estremunhados – ainda lhe falta acordar inteiramente.

Tradução de Hugo Gonçalves

BUROCRACIA

Henrik Brandão Jönsson

**SUÉCIA**

# BRAZILIAN BLUES

Uma tarde, fui passear na enseada de Botafogo, no Rio. Era um inverno que oferecia uma atmosfera clara, leve, uma temperatura de 25 graus e um céu radioso. Parei perto do estacionamento, ao lado do monumento a Estácio de Sá, para comprar uma água de coco de um homem que montara um quiosque dentro de uma Kombi. No outro lado da baía, reluzia o Pão de Açúcar à luz do sol. Havia gente que passava, correndo e andando de bicicleta. À distância, reconheci a minha colega suíça da Associação dos Correspondentes da Imprensa Estrangeira. Andando de mãos nos bolsos, ela se aproximou. Havia um ano que eu não a via.

"Fiquei um tempo meio recolhida", disse Hanna.

Ela contou que tinha caído naquilo que, no jargão dos jornalistas estrangeiros, é designado por *Brazilian Blues*. A situação já atacou a maioria dos correspondentes que eu conheço no Rio. O motivo não está no fato de o Brasil ser uma terra triste para morar, pelo contrário. O correspondente, muitas vezes, chega a entrar em estado de euforia. O Brasil é uma espécie de Estados Unidos tropical, com um ritmo sufocante. Inteligente, elegante e indisciplinado. É difícil resistir à fácil convivência. Após algum tempo, o correspondente também reconhece que o seu trabalho é muito mais interessante do que pensava. O Brasil trata-se de um continente, maior do que a Europa, com uma mistura interessante de origens, religiões e culturas. Os 27 estados parecem países diferenciados. E a vida mais bacana parece encontrar-se no Rio, onde moram 70% dos cerca de 300 correspondentes no Brasil. A lua de mel é divertida, mas a volta à realidade representa uma dura queda.

"Tenho ficado em casa nos últimos tempos", contava a minha colega suíça.

Os recorrentes escândalos de corrupção acabaram por arrasar a esperança que a correspondente do *"Neue Zürcher Zeitung"* tinha para o futuro do Brasil. Não importava que o país tivesse se tornado a sétima economia do mundo e que as descobertas de petróleo no pré-sal fizessem prever que a terra do samba seria em breve uma potência mundial de primeira linha. Ela tinha percebido que a subida do Brasil ao primeiro mundo jamais iria acontecer, porque uma de suas "pernas" ainda está atolada, profundamente, no terceiro mundo. Escolas, saúde e saneamento básico não são direitos adquiridos no Brasil. São antes produtos vendidos a quem pode pagar.

"A MPB foi a minha salvação. Fiquei escutando todos os álbuns", disse Hanna.

A fuga da minha colega para longe da realidade fez com que ela descobrisse a Música Popular Brasileira. Ao recorrer a discos de artistas como Chico Buarque, Gal Costa, Milton Nascimento, Maria Betânia e Gilberto Gil, ela acabou por se aproximar da maneira brasileira de viver. Em vez de ficar olhando para o lado podre da sociedade, Hanna acabou se concentrando no lado saudável – a música. Convidou gente para churrascos e velejou para Ilha Grande. Resolveu trabalhar menos e fazer mais exercícios físicos. Superficialmente, estava tudo bem. Mas era nos olhos que a diferença se notava. Ela estava dominada por sentimentos de depressão, pelo *Brazilian Blues*.

"Acho que não vou renovar o contrato de trabalho" – disse Hanna, antes de seguir caminho.

A primeira vez que vim ao Brasil foi no ano 2000, por conta de uma revista de turismo da Suécia. Várias agências da Escandinávia tinham começado a organizar viagens para a cidade de Natal e a revista queria que eu fizesse uma reportagem sobre o tipo de excursões existentes ao redor desse destino. Eu e um colega fotógrafo alugamos um carro e fomos parar nas dunas, junto do paraíso para surfistas chamado Praia da Pipa. Depois, viajamos para o desértico e quente Sertão e fomos encontrar um lugar ameno, cheirando a pinheiros, chamado Martins, que se eleva 745 metros acima do mar, sobre uma montanha. No dia seguinte, visitamos um sítio arqueológico, Lajedo de Soledade, e vimos inscrições arqueológicas em pedras calcárias com até dez mil anos de idade. Terminamos a ronda rolando pelas dunas de Areia Branca, ao longo de uma encosta salgada e ensolarada.

Quando o fotógrafo voltou para casa, eu peguei o ônibus para Recife. Já ouvira falar, por um amigo, que Olinda era um dos lugares mais bacanas do Brasil. Uma noite, fui sentar-me na esquina Quatro Cantos e pedi uma cerveja. Fiquei surpreendido com o tamanho. Na Suécia, a garrafa com 330 ml de cerveja é o normal. Aqui, são garrafas com quase o dobro. Encostei-me à parede quente e fiquei vendo como os outros faziam. Eles bebiam o líquido em pequenos copos e dividiam a cerveja da garrafa entre si. "Como é que era possível no Brasil um pobre dividir a cerveja com outros?", pensei. Na Suécia rica, todos ficam sentados – cada um com a sua garrafa – e jamais nos passaria pela cabeça dividir a bebida com alguém.

Dois meses mais tarde, voltei ao Brasil. O ministro José Serra, da Saúde, tinha desafiado a indústria internacional de medicamentos e deixado que o Instituto Manguinhos rompesse a patente dos antirretrovirais que entram na fórmula do coquetel contra o HIV. A minha missão era visitar o instituto que fabricava as primeiras cópias genéricas e escrever a respeito do investimento do Brasil como o primeiro país em desenvolvimento a distribuir gratuitamente os antirretrovirais entre a sua população.

> O BRASIL É UMA ESPÉCIE DE ESTADOS UNIDOS TROPICAL,
> COM UM RITMO SUFOCANTE. INTELIGENTE, ELEGANTE
> E INDISCIPLINADO. É DIFÍCIL RESISTIR À FÁCIL CONVIVÊNCIA

Um dia, uma amiga sueca no Rio me convidou para ir a Santa Teresa. Era domingo e ela quis que fôssemos a um clube cubano de salsa, que ficava no Casarão Hermê. Achei que havia algo de errado. A salsa é dançada no resto da América Latina. No Brasil, dança-se o samba. Também achei estranho ir dançar num clube na tarde de um domingo. Na Suécia, o domingo é o grande dia de descanso. No Brasil, ao que parecia, era o grande dia de festa. Aceitei o convite e fui.

Já no terraço, não pude deixar de notar a sua presença. Ela olhava para a entrada da Baía de Guanabara e afastava os cabelos encaracolados que o vento soprava para o seu rosto. Era uma mulata alta e imponente, com brincos prateados pendendo das orelhas. "Uma jogadora de vôlei cubana", pensei. Após uns momentos de hesitação, resolvi ganhar coragem e avançar. Ela afastou mais uma vez os cabelos encaracolados do rosto e balançou a cabeça quando lhe perguntei, em espanhol, se tinha vindo de Cuba. "*No, I'm a carioca*", respondeu ela. Fiquei espantado. A única pessoa de aparência cubana num clube cubano era brasileira e falava inglês. Em seguida ela me perguntou de que país eu era. Contei-lhe que vinha da Suécia e estava gozando as belezas do Rio de Janeiro enquanto escrevia sobre as tentativas do governo brasileiro para furar o monopólio global das indústrias dos antirretrovirais.

Ao voltar para a sua mesa, ela se sentou ao lado de uma senhora idosa, a sua mãe. Achei que era muito amável da parte de uma mulher tão bonita trazer a mãe a um clube de salsa e resolvi perguntar se poderia me sentar com elas. A minha amiga sueca chegou em seguida e ficamos falando sobre o carnaval que estava próximo. A minha amiga entendeu rapidamente que eu estava caído pela "cubana" e prometeu tentar obter o número do telefone dela. A desculpa dada foi a de que queríamos telefonar mais tarde, para pedir dicas de como visitar diversas escolas de samba. Em vez disso, alguns dias depois, fui eu que lhe telefonei para perguntar se não aceitaria tomar um chope comigo uma noite dessas.

Ela mostrou-se desconfiada e pareceu acreditar que eu era um desses aventureiros atraídos ao Rio para caçar uma mulata e, depois, seguir em frente. A "cubana", na realidade, era uma respeitável professora de história que morava na Glória e trabalhava numa escola particular, tradicional, na Tijuca. Ela não estava disposta a sair com um aventureiro. Tive que convencê-la e combinamos um encontro, alguns dias mais tarde, no bar Simplesmente, em Santa Teresa. Tomei um bonde do centro, mas, ao passar no Largo do Guimarães, o bonde parou. Alguém tinha estacionado o carro de maneira que o bonde não podia passar. O condutor desceu e ficou perguntando nos bares em volta quem era o dono do Gol mal estacionado. E quem saiu do Simplesmente nesse momento? Nada mais, nada menos que a exuberante "cubana". O carro era seu. E ela mudou o automóvel de lugar de uma forma tão espetacular e, ao mesmo tempo, tão suave, que me deixou apaixonado.

Dessa vez não houve beijos. Nem no encontro seguinte. De fato, foram precisos cinco encontros com Regina para que ela baixasse a guarda. Aconteceu na fila depois de uma noite fantástica, no Emporium 100, na Lapa, local que antecedeu o atual Rio Scenarium. Nós nos beijamos até chegar ao caixa, e depois, durante todo o caminho, no táxi, até chegar a casa dela. Embora fosse mais velha do que eu, Regina ainda morava na casa da mãe. Aí, paramos. Despedimo-nos, já que no dia seguinte eu teria de pegar o voo para a Suécia.

Alguns meses mais tarde, Regina me telefonou. Estava a caminho da Europa, de férias, e me perguntou se poderíamos nos ver em Portugal. Eu já tinha passado um ano em Lisboa e não hesitei um segundo. Peguei o primeiro avião e marcamos encontro diante do café A Brasileira, no Chiado. Depois, levei-a para os meus lugares favoritos no Bairro Alto. E, em seguida, alugamos um carro e viajamos por todo o país.

Um dia, chegamos a Évora, na província do Alentejo, uma região bastante seca, mas que cheira bem, a tomilho, e encontramos uma pensão bem aconchegante. A cidade já estava sonolenta, indo para a cama pelas dez horas da noite. Nós ainda queríamos dar uma saída e nos indicaram o Jonas Bar. Era um lugar bastante escuro, instalado num apartamento. Éramos os únicos clientes e pedimos nossos drinques. Para minha alegria, o bartender colocou para tocar uma canção antiga do Whitesnake, o meu grupo favorito na adolescência. E logo comecei a cantar de viva voz. A música seguinte não tinha nada a ver com *hard rock*. Era um samba de Martinho da Vila! Regina voou para o tablado de dança e eu pensei: se um bar no Alentejo podia tocar as nossas músicas, uma seguida à outra, então, Regina e eu não constituíamos, afinal, uma constelação assim tão estranha.

No dia seguinte, viajamos para a pequena cidade de Monsaraz, existente desde a Idade Média, no cimo de uma montanha, na fronteira com a Espanha. Todas as casas da cidade são pintadas de branco e, durante a noite, impera o silêncio total. Fizemos amor ao ar livre, à luz da lua – estávamos ficando apaixonados de verdade.

Após duas semanas de viagem, a aventura terminou e nós não sabíamos, ao certo, quando voltaríamos a nos encontrar. Tudo dependia dos nossos trabalhos. Nessa época, o interesse pelo Brasil não era especialmente grande na Suécia e para o jornal bastavam algumas reportagens por ano. Só seis meses mais tarde, quando se realizou o Fórum Social Mundial, em Porto Alegre, o jornal resolveu me enviar para cobrir o evento que se tornou um sucesso global. Fiquei dois meses no Brasil, amando Regina cada vez mais.

Desde a grande greve dos metalúrgicos de São Paulo, em 1979, Luiz Inácio Lula da Silva passou a ser conhecido na Suécia. A greve começou na fábrica sueca dos caminhões Scania, em São Bernardo, e, pela primeira vez, os suecos ficaram sabendo em que condições trabalhavam os seus colegas brasileiros. Os líderes da Scania ficaram furiosos diante daquilo que fazia o líder barbudo da greve, mas os trabalhadores da fábrica-mãe, perto de Estocolmo, resolveram apoiar os seus colegas no Brasil. Todas as sextas-feiras, eles juntavam dinheiro vivo que era mandado por um mensageiro para a caixa da greve no Brasil. Graças à contribuição dos colegas na Suécia, Lula conseguiu manter viva a greve durante dois meses até que os patrões resolveram ceder e aumentar os salários dos operários, de modo a compensar os efeitos da inflação. Os metalúrgicos brasileiros receberam um aumento de 63% e os suecos saudaram Lula como o Lech Walesa da América do Sul.

Ao voltar da viagem a Porto Alegre, falei para o meu chefe que Lula pensava candidatar-se às eleições presidenciais e que ele, desta vez, tinha uma chance de ganhar. O meu chefe não hesitou sequer um momento:

"Vai, isso aí devemos cobrir."

Durante um mês, fiquei instalado no Paysandu Hotel, o mesmo em que o autor Stefan Zweig morou na sua primeira visita ao Rio de Janeiro. Ao vencer as eleições presidenciais, Lula voltou às primeiras páginas dos jornais na Suécia e vi aí a minha grande chance. Eu queria me juntar com Regina. Precisava apenas convencer o meu chefe a me colocar como correspondente no Rio. Ele respondeu que as finanças do jornal não permitiam isso, mas se comprometeu comigo a comprar alguns artigos por mês caso eu me mudasse para o Brasil. Assinei ainda um contrato equivalente, com outra publicação sueca, e, quando me tornei o homem do jornal dinamarquês *Politiken*, aí a situação ficou resolvida. Assim, pude mudar para junto de Regina e começar a trabalhar como correspondente.

Quando encontrei a minha colega suíça na enseada de Botafogo, eu já morava no Rio de Janeiro havia quatro anos. Já falava a língua com desenvoltura e estava integrado na sociedade. Nós tínhamos uma filha espetacular e vivíamos num apartamento aconchegante no Catete. Tudo corria bem, tanto no amor como no trabalho. A única coisa que me preocupava era o meu visto de permanência. Sem o visto, eu não podia abrir uma conta no banco, nem fazer a assinatura pós-paga de celular. Apesar de viver havia vários anos no Brasil, ainda continuava com o meu visto de turista. A Polícia Federal não dava a mínima para a minha situação, nem para a Constituição do país que garantia o visto permanente para os cidadãos estrangeiros que tivessem uma criança nascida no Brasil. Para a Polícia Federal, eu continuava a ser um gringo a quem os policiais deviam infernizar. Quando ficou provado que eles, após muitos anos de espera, tinham escrito erradamente o nome do meu pai e exigiam que eu fizesse um novo pedido, perdi finalmente a paciência. Contratei um advogado para resolver o problema.

O que o tempo perdido na Polícia Federal me ensinou foi o quanto o Brasil é um país corrupto. Aprendi que a burocracia é necessária para que a corrupção funcione e que será preciso lutar muito para que desapareça. Esta opinião coincidiu com o surgimento do escândalo do Mensalão, demonstrando que aquele homem que me inspirara e ajudara a obter o trabalho dos meus sonhos no Rio, era, afinal farinha do mesmo saco de sempre. O Partido dos Trabalhadores

> COMO É QUE ERA POSSÍVEL NO BRASIL UM POBRE DIVIDIR A CERVEJA COM OUTROS, PENSEI. NA SUÉCIA RICA, TODOS FICAM SENTADOS – CADA UM COM A SUA GARRAFA

ENTENDI A EXPRESSÃO "TUDO ACABA EM PIZZA E SAMBA". NA REALIDADE, TRATA-SE DO MEDO DIANTE DE CONFLITOS. EM VEZ DE REGULARIZAR O QUE ESTÁ ERRADO, DÁ-SE PREFERÊNCIA A ESQUECER O ASSUNTO

BRAZILIAN BLUES

não era nenhuma exceção – se tratava de uma organização tão corrupta com todas as outras. Foi então que, pela primeira vez, senti o *Brazilian Blues*.

Anos mais tarde, essa condição voltaria a me atormentar. Mas, comparativamente com o Mensalão, o que reativou meu *Brazilian Blues* foi um escândalo pequeno – pelo menos se medido em dinheiro. Nem se tratava de dinheiro público. Aconteceu que o presidente do Senado foi declarado suspeito de ter pedido a uma construtora civil para pagar o sustento de uma criança, nascida fora do casamento, que ele tivera com uma das jornalistas que cobriam o Congresso. Se a construtora assumisse os pagamentos, ele facilitaria, como presidente do Congresso, a participação da firma em futuras licitações. Para toda a nação, Renan Calheiros foi considerado culpado. Para os eleitos do povo, os políticos, não.

Lembro-me da última votação como se fosse ontem. Todo o país ficou grudado na televisão, à espera da mensagem. Era como uma final da Copa do Mundo, mas dessa vez o Brasil não venceu. Renan Calheiros foi inocentado e a nação perdeu a esperança. No dia seguinte, enquanto eu seguia de bicicleta para o meu escritório, em Laranjeiras, cruzei com uma mulher jovem que, no meio da rua, usava uma bola vermelha no nariz, como os palhaços. Ela não estava fazendo panfletagem, nem exibia nenhum pôster. Apenas estava ali com a bola vermelha no nariz, protestando em silêncio. Mais uma vez, os políticos tinham feito dos seus eleitores verdadeiros palhaços. O olhar resignado da mulher me deixou triste. Foi então que realmente caí no *Brazilian Blues*.

Senti que o Brasil não avançava. Estava dançando em círculos como um cachorro que fica tentando morder sua cauda. Compreendi também que a teoria do desenvolvimento com a qual eu cresci — de que se aprende com os erros e sempre se consegue melhorar — não funciona aqui. O Brasil repete facilmente os seus erros e não faz grande questão de aprender com eles. Senti-me como se tivesse caído no mesmo blefe que Stefan Zweig. Quando o escritor austríaco veio ao Brasil pela primeira vez, em 1936, era o autor mais lido e traduzido da Europa. Foi quem melhor descreveu o tempo entre as duas guerras e a decadência coletiva que empurrou os países para a Segunda Guerra Mundial.

No Rio de Janeiro, Zweig ficou fascinado com a tolerância multicultural entre gente de várias origens e religiões. Achou que o Brasil seria uma solução para a Europa, arrasada pelos ódios raciais. Foi ele que escreveu:

"Enquanto no nosso velho continente, as pessoas se dedicam à vã ideia de criar 'raças puras' como quem cria cavalos de corrida ou cachorros, a nação brasileira dedica-se por completo à construção de um país, baseado, por princípio, numa mistura de raças, livre e irrestrita, para chegar à equalização perfeita entre negros, brancos, pardos e amarelos."

Quando voltou ao Brasil pela terceira vez, em 1941, Stefan Zweig já não estava tão convencido da maravilha brasileira. Alugou uma casa em Petrópolis e foi ficando cada vez mais deprimido. Foi insuficiente o fato de ter escrito no Brasil a melhor novela da sua vida ("Xadrez") e de ter visitado o Carnaval do Rio com a sua nova e jovem esposa. Nenhum samba do mundo podia salvá-lo. Alguns dias depois do carnaval, acabou com a sua própria vida.

A questão é saber se Stefan Zweig não foi, entre nós estrangeiros, o primeiro a ser atacado pelo *Brazilian Blues*.

Felizmente o meu *blues* não foi tão desesperador, mas ainda assim foi bastante sério para que Regina me pedisse para começar a fazer terapia. Evidentemente, eu tinha ainda outros problemas. Achava, por exemplo, que era difícil ser pai no Brasil.

Na Suécia, todos os papais têm seis meses de licença remunerada, com salário completo, pago pelo governo, para tomar conta dos seus filhos recém-nascidos. A iniciativa começou em 1974 e fez com que os pais e as mães pudessem manter um contato frequente com as crianças. Se a criança cai e se fere, ela tanto corre para a mãe como para o pai. Quando um pai também toma conta do bebê, os laços que ligam a criança ao pai podem ser tão fortes como aqueles que a ligam à mãe. Antes da nova lei, em caso de divórcio as crianças ficavam, automaticamente, com as mães. Hoje, são tantas as crianças suecas que escolhem morar com a mãe como aquelas que preferem os pais.

No Brasil matriarcal, eu próprio tive que pagar a minha licença de paternidade. Quando a licença de quatro meses da minha mulher terminou, eu fiquei em casa e levei a nossa filha para a creche todos os dias. O meu único problema eram as outras mães. Perdi a conta das vezes que eu tive de explicar que a minha mulher estava trabalhando e que eu tinha escolhido tomar conta da nossa filha. As mães sempre perguntavam: "Onde está a sua mulher?" Até mesmo com a minha família brasileira tive de lutar pelo direito de ser pai. A mãe da minha mulher achou que poderia tomar conta da minha filha melhor do que eu. Levantei a questão com o meu terapeuta e ele também não entendeu qual era o meu problema.

"Por que não é bom que ela tome conta da criança? Assim, você poderá fazer outras coisas."

O terapeuta foi mais eficaz quando me disse o que fazer para dominar o meu *Brazilian Blues*. Exatamente como a minha colega suíça, eu não deveria me fixar no lado doentio da sociedade e me concentrar antes no lado saudável.

"Faça um passeio ao longo da praia. Coma um bom almoço em Santa Teresa. Leia um bom livro. Evite os noticiários."

O BRASIL REPETE FACILMENTE OS SEUS ERROS E NÃO FAZ GRANDE QUESTÃO DE APRENDER COM ELES. SENTI-ME COMO SE TIVESSE CAÍDO NO MESMO BLEFE QUE STEFAN ZWEIG

Por muito que eu quisesse, não podia evitar tomar conhecimento das ações do maldito Congresso. E elas me comiam por dentro.

"Será que não pode começar a treinar *thai boxing* ou qualquer outro esporte com o qual você possa se descontrair? Na situação atual, os problemas só ficam criando mais raiva dentro de você. Tem que se soltar, se descomprimir. É o que eu faço. Todas as manhãs nado mil metros para manter a cabeça alerta", disse o terapeuta.

Facilitou o fato de ele não ter partido para a defensiva, nem começado a criticar o mundo inteiro, como muitos brasileiros fazem, quando os estrangeiros criticam o seu país. O terapeuta confessou, mais do que voluntariamente, que o Brasil é um país infantil que não quer se aperfeiçoar. Em contrapartida, salientou que existem muitas coisas boas e saudáveis no Brasil para compensar.

"Você tem aqui uma liberdade que jamais vai ter na Suécia. O clima é melhor e mais confortável. Você não precisa lavar, limpar ou fazer comida. Isso cabe à sua empregada. Também recebe em casa as compras feitas no mercado. E isso não acontece na Suécia", disse ele, rindo.

O que fez o meu *blues* se manter ativo foi o fato da relação entre mim e Regina ter ficado ruim. Quando a nossa filha nasceu, os pulmões dela não se abriram e, durante vários dias, ela ficou oscilando entre a vida e a morte. Essa espera foi a mais difícil pela qual passei na vida – para a minha mulher também. A diferença entre nós surgiu depois, quando os pulmões da nossa filha por fim se abriram. Para mim, o problema estava resolvido. Deixei o pesadelo para trás e fui em frente. Mas a minha mulher se afundou em preocupações, sempre na expectativa de que algo mais pudesse acontecer. Via apenas catástrofes na sua frente e jamais deixava que a alegria pairasse na nossa casa. E se eu lhe pedisse para parar de se preocupar, ela chegava a gritar:

"Eu não quero te ver nunca mais!"

Fiquei preocupado. Discutíamos cada vez mais.

"Você não pode tentar entendê-la ao pé da letra. O mau humor dela significa, certamente, apenas que ela está descontente com alguma coisa. Tente entender, antes, do que se trata. Ou ainda melhor. Saia de casa quando ela gritar e volte quando ela já se tiver acalmado", disse o terapeuta.

Respondi que isso eu não poderia fazer. Na Suécia, é uma desconsideração abandonar um lugar no meio de uma discussão.

"Faça um teste. Acredito que ela não vai ficar chateada por isso. O importante é que, assim, você evita discutir com ela diante da criança", acrescentou o terapeuta.

Na discussão seguinte, fiz como ele disse. Fui até a esquina e bebi alguns chopes com outros brasileiros que também tinham fugido de casa. Fiquei por lá por cerca de uma hora e só depois voltei para casa. Nessa altura, tudo tinha voltado a estar calmo e até fui recebido com um grande abraço. Lenta, mas seguramente, aprendi como devia fazer para evitar conflitos no lar.

O que continuou a me deixar frustrado foi o fato do meu visto ainda não ter saído. Sem isso, eu ficava completamente dependente da minha mulher sempre que tinha de tratar de assuntos com as autoridades. Como não podia abrir uma conta num banco, também não podia pagar as minhas contas pela internet. Isso me obrigava a ficar em longas filas, nas casas lotéricas, esperando para pagar as minhas contas em dinheiro. Verifiquei que perdia um dia por semana para tratar desses pagamentos, coisas que eu resolvia com uns cliques, à noite, na Suécia. O meu chefe reclamava de eu estar quase sempre numa fila quando ele precisava de mim. Eu expliquei que no Brasil a burocracia era terrível e ele ficou surpreso. Ele achava que a vida nos trópicos era simples. E logo teve uma ideia.

"Quero que escreva uma crônica por mês a respeito dos problemas que você enfrenta todos os dias no Brasil", disse o chefe.

Eu levei a missão a sério e logo me diverti muito mais nas filas. Anotei todas as esquisitices e entrevistei as pessoas enquanto elas esperavam para ser atendidas. O resultado: essas crônicas se tornaram os meus textos mais lidos do jornal. Numa das crônicas favoritas do público, eu tentava explicar para que servem os cartórios. Tive que recuar até os tempos do império romano para que os suecos pudessem compreender o sistema. Mesmo assim não entenderam nada. Não podiam aceitar que uma autoridade privada funcionasse, ganhando dinheiro, para confirmar que o documento de identidade da pessoa era, de fato, o documento de identidade da pessoa em questão. Na Suécia, o documento de identidade funciona como prova de identidade. Não são necessários intermediários.

Uma outra crônica bastante popular entre os leitores foi aquela que escrevi a respeito do meu processo para obter o visto permanente. Descrevi a pia existente na Polícia Federal, onde lavei as mãos da tinta preta aplicada nos dedos para tirar as impressões digitais. Era a pia mais cagada que eu vi em toda a minha vida. As camadas de sujeira eram espessas como pasta de dentes preta. O sabão e a escova eram negras como carvão; a toalha era tão pegajosa e suja que mais valia secar as mãos agitando-as no ar. Perguntei ao policial como ele se sentia ao contaminar os dedos do pessoal com a tinta, quando nas recepções dos grandes escritórios, em São Paulo, a digitalização das impressões digitais era usada havia muito tempo.

"Eu sei. Nós já devíamos utilizar essa nova técnica há muito tempo", respondeu ele, suspirando.

Uma dessas crônicas mais bizarras focava a minha primeira participação em uma assembleia de condôminos, depois de ter conseguido comprar o apartamento dos nossos sonhos na Rua Paissandu. Uma família queria entrar com uma ação contra o condomínio por alguém ter jogado guimbas de cigarro para o seu terraço. Aparentemente, havia uma antiga desavença por resolver, mas a reclamação disparou uma discussão violenta. O presidente da assembleia chamou a mulher da família de "vaca" ao que ela respondeu chamando-o de "veado".

"Você vive com um cachorro porque nenhuma mulher quer viver com você", gritou ela.

A reunião degenerou numa briga geral de todos contra todos. Depois, aconteceu uma coisa muito estranha. Quando a reunião chegou ao fim, todos ficaram amigos de novo e tanto a "vaca" como o "veado" voltaram a falar um com o outro como se nada tivesse acontecido. Foi nessa altura que, pela primeira vez, eu entendi o conteúdo da expressão "Tudo acaba em pizza e samba". Na realidade, trata-se do medo diante de conflitos. Em vez de ir a fundo na resolução do problema e regularizar o que está errado, dá-se preferência a esquecer o assunto. É por isso que os problemas no Brasil nunca são resolvidos. Sempre voltam a surgir.

Após um tempo vivendo no condomínio, cheguei a perguntar a uma das mulheres no conselho condominial como é que ela podia voltar a ser amiga de uma família que ameaçou acionar o condomínio na justiça. Seria isso consequência do medo de conflitos?

"Não. Acho que é por causa das novelas", respondeu ela. "Nós, brasileiros, precisamos de finais felizes."

Uma outra coisa que aprendi no condomínio foi a razão pela qual quase todas as casas e apartamentos no Brasil apresentam provas de infiltrações. Primeiro, achei que isso era fruto de corrupção. As empreiteiras construíam, usando concreto de baixa qualidade e canos baratos. Depois, achei que era erro dos engenheiros. Não levavam em consideração as repetidas trombas de chuva e não criavam escoamentos para a água. Por fim, cheguei à conclusão de que as manchas eram decorrentes de outra coisa.

Na Suécia, todas as reformas nos condomínios são feitas coletivamente. Quando um condomínio julga que alguma reforma é necessária, que os encanamentos estão velhos, com risco de enferrujar, e precisam ser substituídos, todos os condôminos repartem entre si os custos da reforma. Em geral, a reforma é feita antes que qualquer dos apartamentos seja afetado. No Brasil, cada um dos condôminos é responsável pelo seu pedaço de encanamento. Ninguém participa de reformas coletivas. No nosso prédio art-déco, no bairro Flamengo, existem 96 apartamentos. Quando um cano arrebenta e é consertado, logo outro arrebenta noutro apartamento. Tudo fica muito mais caro e toma mais tempo. A única consequência positiva das ruturas é a necessidade de ter no prédio um bombeiro. Ele fica na portaria, apenas aguardando a próxima chamada.

Aquilo que o problema das tubulações de água me ensinou é que os brasileiros têm medo das soluções comuns. Cada um quer resolver apenas os seus problemas.

Um efeito colateral das minhas crônicas foi o fato do meu *blues* brasileiro começar a aliviar a sua pressão. Através da utilização dos meus problemas do dia a dia para as minhas crônicas, passei a criar um distanciamento em relação às loucuras encontradas. As crônicas transformaram-se no remédio que me faltava. Quando era obrigado a enfrentar uma fila ou uma burocracia no caminho, eu pegava o meu bloco de anotações e escrevia. Após algum tempo, passei a sentir que já estava suficientemente forte para aguentar a sociedade brasileira e comecei a pensar em parar a terapia. Mas escolhi continuar.

Para mim, a terapia se tornou uma espécie de *thai boxing*. Uma vez por semana, durante uma hora, expulso de dentro de mim todas as porcarias acumuladas durante a semana. A terapia me purifica e faz de mim um ser humano melhor. Também consegui compreender um pouco melhor o país e publiquei dois livros sobre o Brasil, que foram traduzidos de sueco para inglês, holandês e dinamarquês. Sou contratado para fazer palestras na Suécia sobre o Brasil e dou entrevistas, repetidamente, na mídia brasileira, em que analiso a minha nova pátria.

Há vários anos, o meu *blues* brasileiro desapareceu e eu me sinto muito bem no Rio. Aqui, encontro a espontaneidade e a convivência entre seres humanos de que sempre senti falta na Suécia. Amo as surpresas e a amizade espontânea que apenas existem na Suécia durante algumas semanas no verão. A minha filha também acha que é muito mais divertido viver aqui. Ela sai para

# BUROCRACIA

o ar livre o ano inteiro e não precisa usar capas grossas, gorros e luvas. Aqui, ela é tratada como uma cliente nos restaurantes e não como alguém que está no caminho, incomodando, como é o caso na Suécia. Nós somos levados, quase sempre, para as melhores mesas e eu chamo muitas vezes a curiosidade das pessoas por causa da minha aparência. É claro que provoco risadinhas quando mostro o meu corpo branquelo na praia ou me esforço na tentativa de dançar bem no Trapiche Gamboa, mas isso eu acho um barato. De uma maneira geral, sou muito bem tratado no Rio. Existe apenas uma coisa de que eu não gosto – o preconceito contra os "gringos".

Somos considerados burros e ingênuos. Acham que podem enganar a gente. Somos olhados como aquele tipo de visitante que fala um português engraçado e que não entende quase nada do Brasil. Todos acham que somos ricos e parecem querer ajudar o mais possível, mas quando, realmente, precisamos de ajuda, viram-nos as costas. É nessa altura que percebemos como, na realidade, o Brasil funciona. O que mais me irrita é o uso da linguagem. "Gringo" não é uma palavra que denote algo positivo. É um termo negativo que assinala: você é o outro. Apesar dos casos de racismo nos Estados Unidos e na Europa, seria impossível juntar os estrangeiros e chamá-los de "gringos". Isso seria considerado xenofobia e resultaria em processo judicial por crime de discriminação. Mas numa nação de imigrantes como é o Brasil a situação é aceitável. O termo é utilizado, até mesmo com frequência, na televisão, no rádio e nos jornais.

No inverno passado, quando estava de férias em Itaipava, passou na minha frente um carro com um grupo de moradores locais. De repente, alguém baixou a janela e gritou:

"Gringo!"

O que queriam dizer com isso? Bem-vindo a Itaipava? Não dava para entender a exclamação desse jeito.

O pior da xenofobia brasileira foi a criação de um mito em que muitos brasileiros acreditam: os "gringos" são pedófilos. Quem colocou a pedra a rolar primeiro, não sei. Foram os filmes

## É CLARO QUE PROVOCO RISADINHAS QUANDO MOSTRO O MEU CORPO BRANQUELO NA PRAIA OU ME ESFORÇO NA TENTATIVA DE DANÇAR BEM NO TRAPICHE GAMBOA, MAS ISSO EU ACHO UM BARATO

que apresentaram os estrangeiros com caracteres malignos, ao apontá-los como turistas sexuais, ou será que o medo da pedofilia tem um grão de verdade em si?

Uma vez, entrevistei a chefe da polícia civil no Rio, Martha Rocha, e aproveitei a ocasião para lhe perguntar se era normal encontrar estrangeiros implicados em crimes de pedofilia na capital carioca. Ela balançou negativamente a cabeça e disse que quase todos os abusos contra crianças são feitos em casa, por brasileiros. Muitas vezes, é alguém próximo da família que se aproveita da criança. Pode ser um tio, um primo ou um amigo da mamãe.

Mesmo assim a paranoia criada pela pedofilia está nos hotéis onde foram afixados cartazes avisando que é proibido o sexo com menores de idade.

No ano passado, algumas semanas antes do Natal, eu próprio fui vítima do preconceito.

Um colega meu estava no Rio para entrevistar o jornalista norte-americano Glenn Greenwald. Levei-o para um bar na Praça São Salvador, em Laranjeiras. Não existe um único sueco que não se derreta pelo Rio depois de visitar essa praça. Ali se encontram pessoas de todas as classes e idades. De manhã, brincam as crianças, à tarde é frequentada por idosos, e à noite alberga a maior concentração de *hipsters* no Rio. Uma hora mais tarde, a minha mulher e a nossa filha, então com nove anos, passaram pelo bar. Minha filha se sentou no meu joelho e pediu um refrigerante. Regina me beijou, cumprimentou o meu colega e dividiu uma cerveja conosco. Quinze minutos depois, as duas foram embora e o colega e eu continuamos a discutir o escândalo das escutas feitas pela NSA, dos Estados Unidos. Ao bebermos mais uma cerveja, um casal de *hipsters*, na mesa ao lado, virou-se para nós e o homem apontou para mim:

"Você não sabe que aquilo que fez é proibido no nosso país?"

Eu não entendi o que o cara queria dizer.

"No nosso país, isso que você fez é proibido", repetiu ele.

A mulher agitava nervosamente o seu dedo na minha frente.

"É nojento o que você fez", disse ela.

Quando a ficha caiu, fiquei sem ação, de tal maneira que demorou vários segundos antes de conseguir pegar o meu celular, colocá-lo no sistema de gravação de vídeo e começar a gravar o casal. Deixei claro para eles que era da minha filha que estavam falando e de que era a minha esposa que estava sentada ao meu lado. Mesmo assim, o casal riu de mim, bem na minha cara, achando que eu estava mentindo. Pela primeira vez, desde que me mudei para o Brasil, senti vontade de partir para a briga.

Telefonei para a minha mulher, que desceu até nós para saber o que tinha disparado os preconceitos do casal. Chegou-se à conclusão de que o casal achou que eu era um turista sexual, visto que eu falava uma língua estranha com outro estrangeiro e que a minha mulher era uma prostituta, visto ser uma carioca de cor que se dava com estrangeiros. A nossa filha, achavam eles, era uma criança que a "prostituta" teria tido com um outro "gringo" e que, no momento, alugava para fazer sexo.

Ficamos tão chocados que só no dia seguinte resolvemos ir à delegacia mais próxima no Catete para registrar a ocorrência e denunciar o casal. Agora, eles são dados como suspeitos de discriminação racial e aguardam a chamada do serviço público assim que a minha filmagem for considerada pela justiça.

Aquilo que também nos surpreendeu foi o fato da agressão ter acontecido na Praça São Salvador, a praça mais democrática do Rio de Janeiro. Se tivesse acontecido em Ipanema ou no Leblon, onde já fomos maltratados por causa da combinação de cores de pele, eu não teria ficado tão surpreso. Mas aconteceu em Laranjeiras, um bairro onde o ativista de direitos humanos Marcelo Freixo tem a sua base de apoio mais forte.

Todas as vezes que alguém acha que a minha mulher é uma prostituta, apenas porque ela é mulata e está com um estrangeiro branco, isso me dói muito. A minha mulher é uma lutadora que conseguiu progredir na preconceituosa sociedade brasileira, apesar de ter perdido o pai com câncer quando tinha apenas cinco anos de idade. Graças a uma bolsa da escola católica Externato Angelorum, na Glória, ela conseguiu uma boa educação. E, a partir daí, conseguiu também realizar o seu sonho de se tornar professora de história.

Há quase vinte anos, Regina trabalha em uma das melhores escolas particulares da Tijuca e é escolhida todos os anos como paraninfa dos alunos. Ganha muito pouco em relação aos serviços que presta, e paga escabrosamente muito em impostos, comparando com o que ela recebe de volta. E, no entanto, continua a ser chamada de "prostituta" pelos seus concidadãos por estar casada com um "gringo".

Penso por vezes em Stefan Zweig, que criou o conceito: Brasil – O País do Futuro. Quando analisou a Europa, os seus sentidos não erraram nem um pouco. Ele pôs o dedo e acertou, praticamente, em tudo. Mas quando veio para o Brasil parece que ficou cego. Como é que pode não notar o racismo estrutural no país, de forma tão total? Andou circulando pelas favelas, falou com o povo e viajou por todo o Brasil. Em certa parte do livro, afirma que "de uma maneira muito simples, o país resolveu o problema do racismo que está acabando com o nosso mundo europeu: ignora-se, simplesmente, a sua suposta existência".

Atualmente, sou atacado pelo *Brazilian Blues* somente a cada quatro anos, quando chega a hora das eleições. Basta olhar para os sorrisos dos candidatos nas bandeiras eleitorais e já fico me sentindo tão mal que quase não consigo nem escrever as minhas reportagens. Essa sensação é compartilhada pela maioria dos jornalistas brasileiros que também ficam desapontados diante da quantidade de políticos corruptos que sempre conseguem se eleger e, o que é pior ainda, que conseguem se reeleger para o Congresso. Quando discutimos o dilema, vejo nos olhos dos meus colegas brasileiros que também eles sofrem do *blues*. Para falar francamente, acho que essa é uma sensação normal para muitos brasileiros. Eles sabem que moram num país onde a corrupção se tornou uma cultura e que esta situação é tão difícil de mudar como o é na Itália.

Quando nós, estrangeiros, passamos a sofrer o *Brazilian Blues*, acho que isso, na realidade, é um sinal de que já ficamos brasileiros. Começamos a conhecer o país e aceitar que, para o bem ou para o mal, é um país que jamais mudará de verdade.

Tradução de Jaime Bernardes

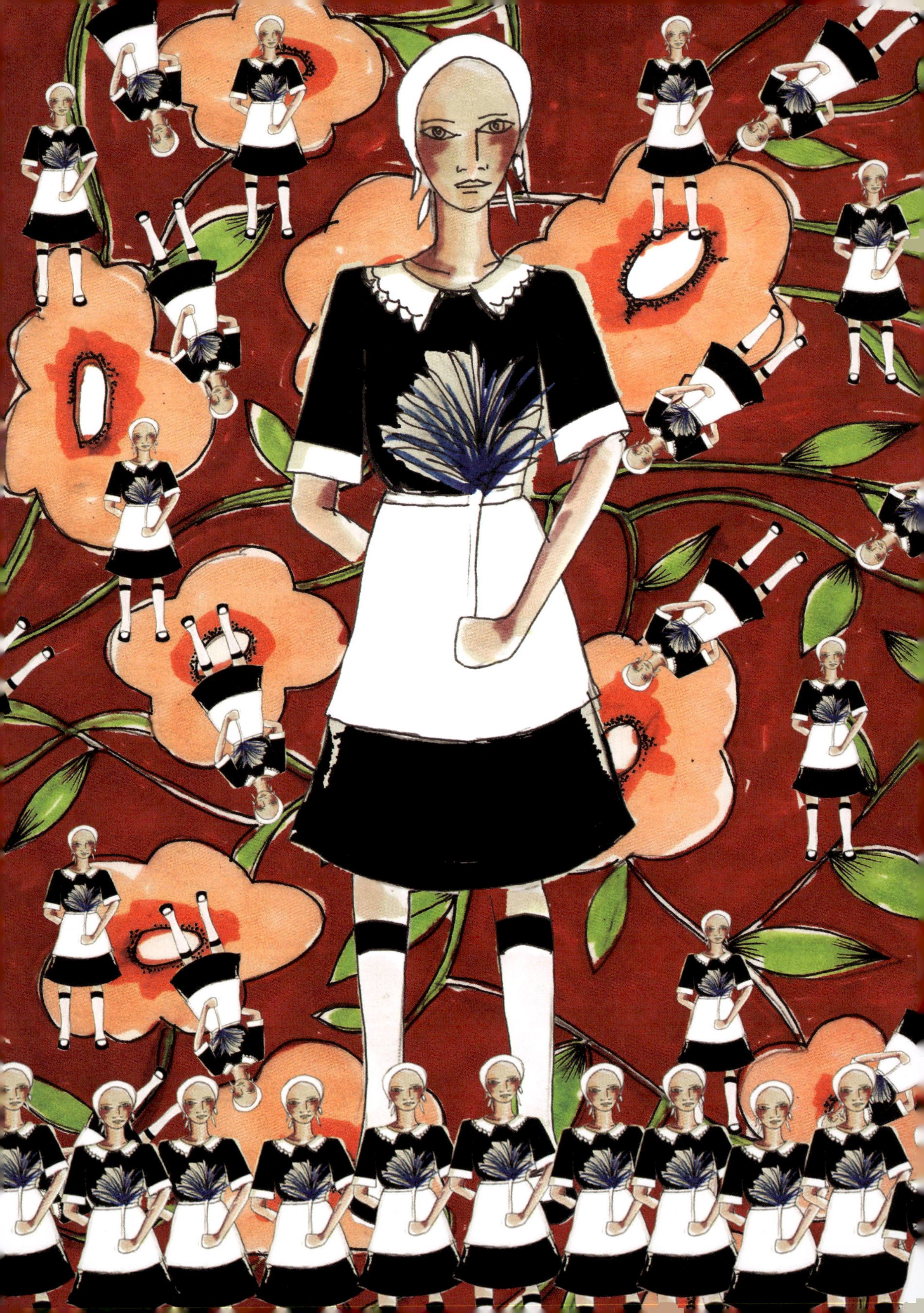

Julia Michaels

ESTADOS UNIDOS

# EMPREGADAS E OUTROS TRABALHADORES DOMÉSTICOS:

## CONFISSÕES DE UMA GRINGA, REPÓRTER E DONDOCA

"Não trate bem sua empregada", uma nova amiga me aconselhou assim que cheguei a São Paulo, em 1981.

Eu, uma gringa criada num subúrbio norte-americano de classe média, ex aluna de escolas públicas, filha de pais que, toda sexta-feira, pagavam a Mrs. Burke – uma *cleaning lady* (senhora que limpa, ou faxineira) negra, de origem caribenha – para dar um jeitinho na desordem da casa e limpar o pó, preferi desconsiderar o conselho da amiga paulistana.

Depois de 33 anos de vida no Brasil, eu diria agora que, para uma patroa, a grande questão não é a maneira – boa ou má – como as empregadas são tratadas. O maior pecado da elite brasileira – e eu admito ter cometido esse pecado – é não enxergar e ouvir verdadeiramente aqueles que nos servem.

É um pecado que explica grande parte do que se passa neste país, particularmente se pensarmos no fato de que sete milhões de brasileiros – o maior número do mundo, de acordo com a Organização Internacional do Trabalho – são empregados domésticos. E de todas as mulheres trabalhadoras, no Brasil, 17% é empregada doméstica.

Em São Paulo, nos anos 1980, a fotógrafa americana Pamela Duffy realizou uma série de retratos de empregadas, intitulada "A mulher invisível". Na época, achei que as fotos – em preto e branco, de mulheres de pele escura, com uniformes de empregada, quase sempre executando alguma tarefa fora de foco – eram exageradas.

Onde é que iriam trabalhar essas pessoas se não vestissem os uniformes e lavassem o nosso chão e preparassem as nossas refeições e cuidassem dos nossos bebês? O que havia de errado em dar trabalho a pessoas que mal sabiam ler e escrever, e que pareciam pensar que a vida na grande cidade – mesmo a das empregadas domésticas – era melhor do que ficar no campo? Se a mão de obra era barata, por que estragar as minhas unhas quando podia estar na rua, fazendo uma reportagem sobre a hiperinflação, um surto de cólera ou um barbudo líder trabalhista em ascensão? Além disso, as casas brasileiras não eram construídas para uma vida sem empregada, e os supermercados não vendiam refeições pré-preparadas ou prontas para comer como tínhamos nos Estados Unidos.

De que outra maneira poderíamos mitigar o abismo econômico-social? Nessa época – os anos 1980 – ainda valia a crença de que era só a economia brasileira crescer, que aqueles que estavam na base da pirâmide também teriam mais renda e emprego. Mas, como se sabe, não foi assim. Com uma inflação alta, os cidadãos com acesso ao sistema financeiro indexavam seus bens. No entanto, todo dia, os pobres simplesmente viam os seus salários e poupanças perder valor.

Pelo menos eu era uma patroa esclarecida. A avó do meu então marido contratava apenas empregadas negras, as ensinava a cozinhar como *chefs* do *cordon bleu* e fazia de tudo para que não tivessem dias de descanso. Uma delas, que conseguiu algumas folgas, engravidou nesse tempo livre e se demitiu. Dizia-se que sentia vergonha ao passar pelo porteiro, de barriga.

As empregadas nunca ficavam muito tempo. "Ela é preta, mas é limpinha", anunciava a avó do meu marido, descrevendo a próxima vítima.

Talvez fosse mesmo um erro tratar bem as empregadas. A primeira que trabalhou em nossa casa roubou um anel que tinha sido da minha avó. Escutei histórias daquelas que roubavam roupas, ou, prenunciando as "Empreguetes" de uma novela de 2012, "Cheias de Charme", simplesmente vestiam e exibiam pelo apartamento as calcinhas da patroa, os vestidos, os sapatos. E, confundindo quem ligava, também imitavam o "alô" da patroa ao atender o telefone.

Tínhamos uma empregada, Neusa, e uma faxineira, Maria, que falava comigo com os olhos fechados como se eu fosse um relâmpago demasiado brilhante para as suas pupilas. "Encontrei uma bala [de revólver] na secadora", deixou escapar Maria, numa tarde fria de São Paulo. "Ainda bem que eu sempre passo a mão lá dentro, pra ver se está vazia. Imagina se a bala arrebenta na minha cara".

A bala descoberta por Maria, viemos a descobrir, pertencia a um garoto de dezesseis anos, namorado da nossa empregada Neusa, que lhe emprestara a jaqueta – com a bala no bolso. Rapidamente, após a descoberta de Maria, Neusa se tornaria nossa ex-empregada.

Também percebi que Maria resgatava as bolsas das nossas compras – estampadas com os logotipos das lojas chiques da rua Oscar Freire –, a fim de carregar suas coisas (nunca revistei o conteúdo dessas sacolas, embora soubesse que algumas patroas olhavam os pertences dos empregados domésticos na hora da saída). Havia uma ironia nisso tudo, e um dia perguntei se podia acompanhar Maria, e as suas sacolas Victor Hugo, na viagem de trem suburbano que ela fazia todo dia. De forma simpática, os olhos sempre fechados, ela disse que sim.

Nunca fui. E embora a minha primeira aventura num bonde, dos subúrbios até Boston, tivesse acontecido sob a supervisão da confiável Mrs. Burke, parecia-me que esta viagem (até onde quer que Maria morasse) seria bem diferente.

**A AVÓ DO MEU ENTÃO MARIDO CONTRATAVA APENAS EMPREGADAS NEGRAS, AS ENSINAVA A COZINHAR COMO CHEFS DO *CORDON BLEU* E FAZIA DE TUDO PARA QUE NÃO TIVESSEM DIAS DE DESCANSO.**

    Especialmente para aqueles que – como eu – não tinham crescido em São Paulo, mas que lá iniciavam a vida adulta, sem a rede de parentes e colegas de turma, as histórias sobre empregadas eram, em certos círculos, um excelente assunto para começar uma conversa (tal como eram as histórias de assaltos). Contávamos, com frequência, o episódio protagonizado pela avó do meu marido, que viajava para o exterior uma ou duas vezes por ano – uma raridade nos anos 1980. Quando ela estava fora, numa ocasião, a empregada costurou um *kilt* (por que razão aquela saia de tecido escocês, vermelha, tinha uma abertura lateral, era algo insondável para a empregada) e jogou no lixo um pote de caviar (aquele negócio de bolinhas pretas estava empestando a geladeira).

    A melhor história era sobre a Cida, nascida e criada em Minas Gerais. Cida tinha uma irmã, também empregada – de uma amiga da nossa família. Talvez as dúvidas sobre Cida devessem ter surgido quando ela proclamou ter conhecido o presidente eleito, Tancredo Neves (nada de extraordinário, no entanto; o mesmo acontecera comigo: o presidente comeu uma coxinha e esfregou a barriga, num bate-papo com correspondentes estrangeiros, talvez experimentando já os sintomas que acabariam por levá-lo à morte, em 1985). Ou talvez devêssemos ter levantado uma sobrancelha quando Cida se recusou a adotar o horário de verão (reinstituído em 1985) fazendo diariamente com que nossos filhos chegassem atrasados à pré-escola.

    Cida trabalhava duro. E, numa visita à minha família, em Boston, me vangloriei, diante da minha irmã e do meu cunhado, dizendo que quando chegávamos do trabalho Cida servia um delicioso jantar, que as crianças já estavam na cama, de banho tomado, devidamente alimentadas, e que, mais tarde, sem que fosse preciso pedir nada, Cida nos levava xícaras de chá enquanto assistíamos à novela, no primeiro andar. A minha irmã fez uma cara de espanto. Mas talvez fossem ciúmes ou apenas simples repugnância.

    Que fim tinha levado a minha ética de trabalho puritana? Lavar a louça não era uma forma de terapia?

> AS EMPREGADAS NUNCA FICAVAM MUITO TEMPO. "ELA É PRETA, MAS É LIMPINHA", ANUNCIAVA A AVÓ DO MEU MARIDO, DESCREVENDO A PRÓXIMA VÍTIMA

O princípio do fim aconteceu quando, dois anos após ter chegado à nossa casa, por qualquer imperscrutável e estranho motivo, Cida disse que o noivo da sua irmã tinha quebrado um braço ao ser atropelado.

Quando minha amiga, patroa da irmã de Cida, contou que o seu motorista ia comprar uma passagem de ônibus para o casamento, em Minas, fofoquei: "Não vai ter casamento. O noivo está no hospital!"

Que nada. E quando confrontamos Cida com a sua mentira bizarra, bebericando de nossas xícaras de chá, ela olhou profundamente em nossos olhos e disse que era a sua irmã, envergonhada por causa do atropelamento, quem estava mentindo. O noivo jurara que não casaria com o gesso no braço.

Quando regressou da cerimônia, em Minas, Cida corria entre a cozinha e a copa de nossa casa. Serviu-nos arroz, feijão, couve, purê de abóbora, bife à rolê com molho de ferrugem e copos de suco de laranja que acabara de espremer. Para sobremesa: pudim ou salada de frutas, em seguida, café.

Logo que tirou a mesa, Cida veio mostrar, com orgulho, o gesso gasto do cunhado. O meu marido era bastante rápido no gatilho. Pegou no pedaço fedorento que servia de prova e rodou-o nas mãos. Levantou-se e escondeu o gesso atrás das costas. "Que braço ele quebrou, Cida?"

Ela gaguejou. "Hum, hã, esquerdo..." O meu marido reapresentou a prova. Era um gesso para o braço direito.

Com dois filhos pequenos, dependíamos tanto da Cida que não tivemos coragem para mandá-la embora. Mais: o que ela tinha feito de errado além de ter inventado um atropelamento e de ter vasculhado o lixo de um hospital?

Semanas mais tarde, quando cheguei em casa depois do trabalho e encontrei Cida empoleirada no topo de uma escada, que os meus filhos tentavam manter imóvel, enquanto ela cortava os ramos de um salgueiro que nós mesmos tínhamos plantado, por fim enfrentei a evidência: a nossa empregada era louca.

Grávida do nosso terceiro filho, ajudei-a a levar as malas, sem suspeitar que entre a bagagem viajavam também as roupas de bebê que eu precisaria em breve. Dias depois, compramos uma passagem de ônibus para a irmã recém-casada, que foi a Minas, quebrou o cadeado do armário da Cida e trouxe a roupa de volta.

Anos mais tarde, minha filha tinha vocabulário suficiente para contar que, na nossa ausência, Cida a tratava muito mal. Quem sabe onde começou a onda de maus tratos.

Apesar do fosso gigante – cultural, econômico e psicológico –, a relação entre patroa e empregada é simbiótica. Talvez sejam justamente essas enormes diferenças que tornam tão atribulada esse tipo de relação (e que fazem das empregadas um empolgante tema de conversa).

"Minha empregada foi embora!", exclamou uma vizinha paulistana da janela de sua casa, enquanto me debruçava na minha. "Fiz tanto por ela! Comprei seu vestido de casamento. Trabalhou oito anos em minha casa. E vai embora assim...?"

Provavelmente nunca saberei a outra versão desta história, em que, após tantos anos de serviço, uma empregada sente que foi maltratada. As empregadas não confessam esse tipo de epifania aos patrões.

Mas quando mudamos para o Rio de Janeiro, em 1995, comecei a perceber melhor a dinâmica social do serviço doméstico.

No Rio, onde o uso de uniforme é menos comum que em São Paulo – por causa do clima ou uma ambivalência nas relações de classe? –, um motorista me contou que deixara seu último emprego porque a cozinheira estava tentando envenená-lo.

O motorista se tornara uma vítima porque, numa casa com muitos empregados, as pessoas optam por um de dois lados: o dos patrões ou o dos seus iguais. De fato, isso também acontece em muitos outros locais de trabalho, em virtude do estilo autoritário de gestão no Brasil – bastante mais disseminado do que o trabalho em equipe.

O motorista tinha escolhido o lado do patrão, se beneficiava com isso, e a cozinheira ressentia-se do favoritismo dos patrões. Por isso, colocara comida estragada no prato do motorista.

Enquanto escrevia este capítulo, fiz uma pausa para ir malhar na academia. O meu *personal* estava atrasado e fiquei conversando com outro cliente, branco e de meia-idade, como eu.

Como este é um ano de eleições, falamos do assunto de sempre: os males do Brasil. Mas claro que a conversa desembocou para o tema das empregadas. "Minha empregada, que acorda às quatro da manhã para chegar em minha casa às seis, diz que elas não querem trabalhar", lamentou-se. "Todas recebem Bolsa Família e não querem trabalhar."

Mais tarde, ele acenou para todo mundo e, antes de passar pela porta, disse, sorrindo: "Fiz meus alongamentos. Foi duro. Imagina se vou malhar!"

Há gente preguiçosa e gente trabalhadora em todas as classes socioeconômicas. Mas, como demonstrou o economista e prêmio Nobel, Amartya Sen, vencer na vida tem mais a ver com a existência de opções do que com o dinheiro por si mesmo. O Bolsa Família, para melhor ou pior, oferece, de fato, alternativas aos pobres do Brasil. Podem ficar em casa fazendo nada (você não ficaria também, se pudesse, em vez de esfregar vasos sanitários?), tal como fazem muitas pessoas das classes média e alta. Ou então podem gastar esse dinheiro em coisas que querem e precisam, além de garantir para os seus filhos melhor educação e saúde.

Nós das classes média e alta temos pouca noção dos desafios que as pessoas pobres enfrentam. Nunca poderemos saber. Mas cresce diariamente o meu apreço pela energia e a perseverança deles. Uns meses atrás, fiquei três horas de pé, gravando uma reportagem no beco de uma favela carioca. Sei que a vida numa favela é subir e descer ladeiras e escadinhas, aturar o barulho, a poeira e o perigo. Mas até esse dia, quando vi os moradores se apertando para passar no beco – sem tropeçar no meu colega cinegrafista e seu tripé – enquanto carregavam filhos, compras e tudo o que é possível e imaginário, nunca tinha pensado nos becos e vielas tortas e irregulares, e em todas as tarefas apressadas, necessárias ao dia a dia, que ali acontecem. Para mim, sempre que saio para ir ao supermercado ou para comprar um desodorante na drogaria já é suficientemente irritante ter que contornar um turista vagaroso ou uma idosa hesitante nas calçadas de Ipanema.

O trabalho duro é um valor essencial da vida da classe média, e claro que as escolhas são importantes, mas com frequência somos cegos a outros fatores necessários para o sucesso. Alguns

APESAR DO FOSSO GIGANTE – CULTURAL, ECONÔMICO E PSICOLÓGICO –
A RELAÇÃO ENTRE PATROA E EMPREGADA É SIMBIÓTICA

## PERANTE AS ESCOLAS RUINS, A ESCASSEZ DE BOA HABITAÇÃO, A MOROSIDADE DA JUSTIÇA E DE OUTROS FATORES QUE DESFAVORECEM OS POBRES, A VIDA É DOMINADA PELA TROCA DE FAVORES

anos atrás, trabalhei no programa Agência Redes para Juventude, custeado pela Petrobras, uma espécie de incubadora para projetos concebidos por jovens moradores de favela.

Minha primeira tarefa foi fazer a cobertura jornalística do projeto de um rapaz que pretendia produzir eventos na comunidade de forma a preencher o vazio deixado pelos traficantes, após a pacificação, na favela Chapéu Mangueira.

No dia da inauguração, ele organizou uma feijoada, com samba e um desfile de moda. Sua mãe tinha preparado a comida em panelas enormes, carregadas desde sua casa até a quadra através de escadas e becos tortuosos. Nessa manhã, quando entrei na quadra, uma estudante universitária que trabalhava para a Agência veio rapidamente na minha direção. "Veja", disse, mostrando-me uma folha de papel quadriculado. "Fiz uma tabela com todas as tarefas que ele tem que completar: buscar gelo, montar o som, colocar as mesas e a decoração…"

"Ele não vai fazer tudo sozinho", pensei. "Tem ajuda."

E, então, percebi: essa era exatamente a questão. Quando as pessoas das classes altas têm projetos para realizar, contam com a ajuda de familiares e amigos. Provavelmente, a sua rede de contatos será constituída por gente mais poderosa e eficiente do que as redes – ou o capital social, como lhe chamam os economistas – das pessoas pobres. Essa é a razão pela qual, por exemplo, o fundador da Agência, Marcus Faustini, chamou o *rapper* MV Bill com o fim de atrair participantes para o primeiro *workshop* do projeto de dança da favela do Borel.

A Agência funciona para nivelar as probabilidades.

Muitos de nós tentamos fazer o mesmo, ajudando as empregadas e outros funcionários da casa. Faz parte do pacote da simbiose e, diante de tanta dificuldade, nos faz sentir bem. O motorista que, em outra casa, quase foi envenenado pela cozinheira, veio trabalhar para nós. Uma vez mais, ele tomou o lado dos patrões. Fez todo o possível para ajudar na educação de nossos filhos e nos ensinar as idiossincrasias da vida carioca. Nós lhe emprestamos dinheiro, sem juros, para que pudesse sair da favela e colocar a filha numa escola particular.

Perante as escolas ruins, a escassez de crédito e de boa habitação, a morosidade da justiça e de tantos outros fatores que desfavorecem os pobres, a vida dos brasileiros é pontuada, se não mesmo dominada, por essas trocas de favores.

Mas há uma dimensão obscura na ajuda aos menos afortunados, algo que descobri em 2000, quando assisti à estreia do documentário "A Negação do Brasil - O Negro nas Telenovelas Brasileiras", de Joel Rufino.

Até ter visto esse filme, tinha conseguido viver com uma divisória na cabeça. Diante de um episódio de violência, no Rio, eu logo verificava se tinha ocorrido perto de nossa casa ou do colégio das crianças. Se, infelizmente, esse fosse o caso, procurava saber o que fizera a vítima para "merecer" o que lhe tinha acontecido.

"Eu jamais reagiria a um assalto", pensava, "eu não".

Mas eu jamais iria andar de ônibus! Por isso, numa tarde de junho de 2000, consegui pensar que o sequestro do ônibus 174 – no Jardim Botânico, a sete quilômetros de minha casa, no qual morreram o sequestrador e uma refém – era um acontecimento distante. E ainda mais distante, no tempo e no espaço, estavam os degraus da Igreja da Candelária, no Centro do Rio, onde o sequestrador morto do ônibus 174, ainda criança, tinha sobrevivido, entre os jovens assassinados enquanto dormiam, em 1993, no massacre levado a cabo pela polícia.

Se o Jardim Botânico ficava longe, imagina Duque de Caxias, onde vivia a nossa cozinheira. E os diferentes "Complexos", na Zona Norte? A maioria dos nomes dos bairros da Zona Norte não me diziam nada, e não tinha planos para visitá-los (além das viagens para o aeroporto, quando faziam parte da paisagem na janela).

E as pessoas que moravam nesses planetas? Sua pele era mais espessa, seus ossos mais duros, sua resistência aos dias de trabalho e às longas viagens nos transportes públicos, ao calor e ao frio, à chuva torrencial, às crianças mal educadas das classes altas e aos caprichos culinários das madames, muito maior do que seria a minha resistência. Se perdessem um filho, logo podiam ter outro.

Sei que isso soa como algo horrendo.

Mas, sejamos honestos: muitos de nós temos esse preciso pensamento em algum compartimento escondido da cabeça. E temos outros pensamentos, que saem dos seus recantos e são disparados diretamente pela boca. Uma amiga contou uma vez que sua empregada estava sendo disputada por dois pretendentes. "É bonita?", perguntei.

"Para eles, ela é", foi a resposta.

Um antigo membro do governo do presidente Fernando Henrique Cardoso, e alguém que eu considerava ser um homem bom, que se preocupava genuinamente com o futuro do país, me informou certo dia – usando a mesma naturalidade com que comentaria a balança comercial brasileira – que todas as empregadas mentem: "Todas têm uma tia que acabou de morrer", explicou.

Existe, portanto, o desejo de ajudar, de sermos bons para aqueles que são menos afortunados. Mas existe também, em grande parte das classes altas, a impressão de que os menos afortunados são menos humanos.

O documentário "Negação" me ajudou a entender melhor o problema. O filme mostra cenas de uma novela em que a empregada canta enquanto limpa a casa. Os patrões da moça sugerem que ela entre num famoso concurso de TV para cantores. Ela participa e ganha. Na final, o apresentador do programa abraça a vencedora negra e, olhando a câmera, diz que a patroa perdeu uma empregada, mas que o mundo ganhou uma cantora.

Vi essas imagens de triunfo no documentário e senti uma terna emoção, especialmente porque apareceram depois de uma sequência dura e entristecedora sobre a novela "Escrava Isaura", a improvável história de uma escrava branca rodeada por negros que desempenhavam os estereotipados papéis submissos – sucesso absoluto em 1976. No entanto, apesar da alegria com a história da empregada cantora, meu coração apertou de tristeza quando o documentário apontou que a mensagem oculta, na novela, era que uma empregada negra só pode se dar bem na vida com a ajuda dos patrões.

Tudo era muito mais complicado do que parecia. Ajudando ou não, seríamos sempre pecadores.

Então comecei a cumprimentar todo mundo com um aperto de mão. Quem entrasse em minha casa – para fazer uma entrega ou consertar algo –, eu olhava nos olhos enquanto apertava sua mão. Conversávamos durante o serviço, eu fazia piadas e dava risadas com eles. Nem todos eram negros, mas a maioria tinha a pele mais escura do que a minha.

Empregadas, cozinheiras, jardineiros, motoristas, faxineiras, passadeiras, babás, entregadores, taxistas, porteiros e técnicos – todos estavam ficando mais visíveis para mim. Garçons também. Quantos de nós fixamos o cardápio e ditamos nosso pedido como se estivéssemos falando com um robô?

É costume tratar bem os porteiros e os maîtres dos restaurantes. Precisamos deles para consertar o cano do banheiro, para conseguir a mesa do canto. Conhecemos essas pessoas há muitos anos, mas as conversas se restringem a brincadeiras sobre times de futebol, como se vivêssemos em países diferentes. Com o passar do tempo e com um conhecimento da cidade mais ampliado – graças às reportagens que faço sobre as transformações do Rio –, os cariocas que não pertencem às classes média e alta se tornaram agora mais nítidos aos meus olhos. Quando iniciei meu blog jornalístico sobre a cidade comecei a visitar favelas. Um dia, outro correspondente estrangeiro, que me acompanhava, foi cumprimentado por um morador, seu amigo.

Eu nunca tinha imaginado que poderia ter amigos na favela. Hoje tenho esses amigos – e não falo apenas dos intrépidos estrangeiros que lá vivem.

"Você sabe quem gosta de favelas?", perguntou um músico, ao me dar uma carona após um show, no ano passado, da favela do Cantagalo até Copacabana. Estava furioso, batendo no volante, porque tínhamos de esperar que descarregassem uma Kombi, que bloqueava a única rua que serve para subir e descer o morro. Fiquei pensando como é estranha a favela para nós, que vivemos no asfalto, na cidade formal. Diferente topografia, regras, costumes. Os cachorros andam soltos. E com apenas um caminho, não adianta esmurrar o volante. "Você sabe quem gosta de favelas?", perguntava o músico, quando a Kombi, por fim, começou a se mover. Sem que eu arriscasse um palpite, de imediato respondeu à sua própria questão. "Gringos!"

O músico não era fã de favelas, mas a pacificação, apesar das desvantagens, tinha tornado possível que visitássemos o Cantagalo. No Rio, o programa de pacificação afasta estigmas. Permite que os residentes digam, sem vergonha, os nomes dos lugares onde moram e ajuda pessoas como eu a formar um mapa mental mais completo da cidade.

Ao andar pela cidade e estabelecer relações com pessoas diferentes de mim, cheguei a perceber que temos muito mais em comum do que seria imaginável.

Essa era a constatação da corajosa série documental "Central da Periferia", de Regina Casé, do canal Futura, produzido em 2006, antes da pacificação, antes de entendermos que 30 a 40 milhões de brasileiros estavam deixando de ser pobres.

Num dos episódios, Regina Casé pergunta a moradores da Zona Sul se alguma vez visitaram a casa da empregada ("nunca" foi a resposta, obviamente). Em seguida, aparecem imagens das empregadas trabalhando em apartamentos da Zona Sul. Regina Casé comenta:

"Quase todas as pessoas aqui do morro que servem as pessoas do asfalto conhecem elas muito bem. Tem intimidade — entra no banheiro, no closet, no quarto, na cama, na cozinha. Agora o pessoal de lá não sabe onde eles moram, o que eles comem, como eles vivem."

Isto é incomum, se pensarmos bem. Quem vive no privilegiado bairro Upper West Side, em Manhattan, Nova York, não imagina como será a vida de uma família de imigrantes chineses no outro lado do rio, no Queens. E, para o bem e para o mal, os chineses provavelmente também não fazem ideia de como se vive num apartamento de *uptown*. A ausência de intimidade e conhecimento é mútua.

O episódio de "Central da Periferia" mostra ainda a visita de um tenista jovem à casa de um (também jovem) boleiro – o trabalho do segundo é pegar as bolas de tênis perdidas na quadra durante os treinamentos e partidas do primeiro. O tenista fica surpreendido ao saber que o boleiro dorme num quarto exclusivo (com uma assombrosa vista do Pão de Açúcar e do Cristo Redentor), enquanto que ele, embora de classe média, divide o quarto com o irmão. E descobrem que ambos tocam caixa numa escola de bateria – dessa forma, preconceitos e desconfianças esvaneceram e, quem sabe, uma amizade se tornou possível.

Desde que cheguei a este país, e com o passar dos anos, foi ficando gradativamente mais fácil estabelecer relações entre pessoas de diferentes classes. Nos anos 1980, era comum encontrar todo tipo de empregados domésticos que, antes de completar os 30 anos, já tinham arrancado a maior parte dos dentes e usavam dentaduras postiças – mais baratas do que bancar um tratamento. Hoje, no Rio de Janeiro, é usual encontrar empregadas ostentando aparelhos ortodônticos, tal como não são raros os moradores da favela que fazem faculdade ou que, pelo menos, têm planos para isso.

O crescimento econômico, um aumento real de renda e a internet tiveram um enorme impacto, levando a cultura comum ao alcance de qualquer brasileiro com alguma folga de caixa e uma conexão digital. A maioria das pessoas nas grandes cidades usa a internet.

Nos anos 1980 e 90, o fosso entre ricos e pobres era tão grande que os brasileiros pareciam estar presos entre a obrigatoriedade cultural de compartilhar a comida com quem estivesse por perto e o fato, incontornável, de que existia muita gente com fome. Em 1983, quando o desemprego era elevado, entrevistei vários brasileiros no centro de São Paulo. Um homem me contou a história malograda da sua viagem do campo para a cidade onde, logo na chegada, tinha sido espancado e roubado, ficando sem dinheiro e documentos. Disse-me que tinha fome.

Na bolsa, eu levava os tickets refeição que o meu marido recebia como parte do seu pacote salarial. Dei um ticket ao homem com fome. Imediatamente, formou-se uma fila atrás dele. Dei todos os tickets que tinha. Quando acabaram, não sabia o que fazer.

Talvez por isso, nesses anos, os brasileiros comiam seus pastéis e coxinhas encostados ao balcão da lanchonete em vez de ir pela rua mastigando. Agora, com menos desigualdade, tomam seus sorvetes e dão mordidas prazerosas em pãezinhos de queijo, partilhando tudo com amigos e familiares.

Há trinta ou quarenta anos, a vida e a fala do Brasil rural estavam a anos-luz da cultura e linguagem nas grandes cidades. Mas deixou de ser assim. Que empregada, hoje, recusaria aceitar o horário de verão mesmo que não gostasse de acordar uma hora mais cedo?

Enquanto algumas empregadas podem até estar em casa, sentadas, vivendo do Bolsa Família, outras estão achando novos empregos. Talvez a menor oferta de mão de obra doméstica não especializada explique por que o Brasil, só 126 anos após a abolição da escravatura, por fim tenha começado a pensar num projeto de lei que obrigue os patrões a tratar os empregados menos como escravos da casa grande e mais como trabalhadores com horário estabelecido, direito a horas extras e outros benefícios.

Talvez explique também uma conta no Twitter que apareceu este ano, "A Minha Empregada", que faz uma escuta silenciosa e denuncia os comentários classistas e racistas, feitos entre patroas.

**EU NUNCA TINHA IMAGINADO QUE PODERIA TER AMIGOS NA FAVELA. HOJE TENHO ESSES AMIGOS – E NÃO FALO APENAS DOS INTRÉPIDOS ESTRANGEIROS QUE LÁ VIVEM**

Nos dias de hoje, uma gringa recém chegada poderá receber o conselho de que deve tratar bem a empregada para não correr o risco de perdê-la, talvez não para uma carreira de cantora, mas para o cargo de vendedora de loja num desses *shoppings* pipocando nos bairros que antes abrigavam trabalhadores cujo poder de compra considerava-se insignificante.

No Rio, com a subida dos preços face à renda real, a classe média na faixa dos 30 anos de idade já não pode pagar uma empregada que dorme no emprego ou sequer a semana inteira de uma diarista. Como acontecia em Boston na minha infância, passaram a ter apenas uma Mrs. Burke.

As empregadas até podem continuar sendo invisíveis porque limpam enquanto aqueles que lhes pagam estão ausentes, no trabalho. Mas agora, ao contrário do que sucedia antes, começam a prevalecer relações profissionais.

Neste momento estão acontecendo enormes mudanças socioeconômicas no Brasil. As nossas pressuposições e atitudes têm muito que evoluir até entrarem em sintonia com essas transformações. Recentemente, a TV Globo entrevistou o corredor Joaquim Cruz, vencedor de uma medalha de ouro olímpica em 1984. Pediram que comentasse o vídeo da vitória em uma prova de 800 metros, quando Cruz tinha apenas 21 anos.

Nas imagens, quando Cruz deixa para trás os outros corredores, o comentador esportivo Osmar Santos torce pelo brasileiro: "Vai, menino!"

Imagino se, em 1984, Santos, que morreu recentemente, teria chamado "menino" a um corredor branco, de classe média. Nos Estados Unidos costumavam chamar os homens negros de "*boy*" (menino) – termo que, nesse contexto, soa hoje depreciativo. Os brasileiros ainda usam as palavras "menino", "moça" ou "moço" para designar pessoas que os sirvam ou adultos socialmente abaixo deles.

É uma transformação em andamento. Três anos atrás, o jornal norte-americano "*The Christian Science Monitor*", pediu-me que contribuísse para uma série de reportagens sobre a classe média emergente no mundo todo. Entrevistei o economista Marcelo Neri, na época da Fundação Getúlio Vargas.

Ele explicou que, no Brasil, quarenta milhões de pessoas saíram da pobreza por vários motivos: a Constituição de 1988, ao contrário da anterior, exige que os jovens estudem até os catorze anos, dessa forma expondo os alunos a mais conhecimentos fundamentais, que os ajudam a conseguir a carteira de trabalho e melhores empregos; aumentos reais no salário mínimo e nas aposentadorias; e o Bolsa Família.

Tinha acabado de mudar de apartamento e a minha empregada Maria (mais uma Maria), nascida na Paraíba, e o seu marido, de Pernambuco, além de inúmeros dos seus familiares, tinham ajudado na mudança e arrumações.

Após minha conversa com o economista, fiz uma pergunta para Maria. Ao fazê-la, pensava no fato de que, quando cheguei ao Brasil, as empregadas desaguavam no sul depois de longas viagens de ônibus e, por vezes, nunca mais regressavam ao norte, ou tinham que aguardar anos até juntar dinheiro suficiente para uma viagem de volta. Pensei que, antes, a notícia da morte da mãe ou do pai vinha por meio de uma ligação telefônica DDD, de conexão ruim, com os interlocutores aos berros – na casa dos patrões, uma vez que as empregadas não tinham telefone. E pensei que, ao receber a notícia – ao contrário daquilo que me dissera o antigo alto funcionário do governo sobre as tias acabadas de morrer e as empregadas –, elas choravam, engoliam a dor, encolhiam-se, e continuavam a polir a prata ou catar feijão.

Maria tinha acabado de regressar de uma viagem de avião – uma visita à família na Paraíba e em Pernambuco. "Como estava tudo lá, Maria?", perguntei.

"Bem", ela respondeu. "Todos estão muito bem".

"Bastante emprego?"

"Ah, sim, todo mundo tem trabalho. Tem muita construção lá em cima."

"E... as roupas que a gente deu para sua família... Hã, então eles não precisaram?"

"É, não precisam", disse Maria. "Mas gostaram muito."

Aqueles que estavam mais abaixo começam a se tornar visíveis – e nem sempre nos damos conta disso, especialmente quando vivemos, trabalhamos e nos divertimos entre um grupo limitado de pessoas.

A história política do Brasil poderia ser uma narrativa da gestão das exigências das classes mais baixas. Nos anos 1940 e 50, Getúlio Vargas, que fundamentou as atuais inflexíveis leis do trabalho, era um mestre da cooptação – uma tática-chave. O golpe militar de 1964, que se desenrolou com o apoio dos Estados Unidos, no contexto da revolução cubana (1959), tinha o propósito de abafar as exigências das classes baixas.

Uma vez finada a ditadura e com a inflação domada, era apenas uma questão de tempo até que as demandas efervescessem novamente. E assim, em 2002, o Partido dos Trabalhadores desfez finalmente as malas nos aposentos de Brasília. Hoje, porque milhões deixaram a pobreza, quer nos demos conta ou não, quer gostemos ou não (quem não se lembra da foto que uma professora postou no seu Facebook, quando esperava no aeroporto Santos Dumont, zoando um passageiro de bermuda e regata, com o comentário "Aeroporto ou rodoviária?"); um número crescente de brasileiros está lavando a louça, cuidando dos próprios filhos e, por norma, vivendo um pouco mais como a minha irmã em Boston. Agora tudo o que temos que fazer é trabalhar as relações entre aqueles que estão no topo da pirâmide socioeconômica e aqueles que se encontram um pouco abaixo – só isso.

Podia escrever um capítulo inteiro sobre a herança da desigualdade socioeconômica desde os tempos da escravatura. Nele, diria que os brasileiros enxergam muitas instituições com a mesma dinâmica das famílias, admirando e temendo os patrões e os políticos como se estes fossem figuras paternais, sabotando assim seu próprio potencial e capacidade para a transformação, e focando-se antes na troca de favores, seja qual for o escalão da sociedade. Os patrões e políticos – nossos papais e mamães – dão as ordens e ai de quem deixar de se curvar.

Trata-se de um tiro no pé. Lembro de um patrão que perdeu milhões investindo em um produto novo porque nenhum dos seus subordinados – mais jovens, preparados e antenados – se atreveu a informá-lo que a internet estava em vias de tornar o produto obsoleto.

O paradigma da família se vê também na antiga corte aristocrática – uma corte que ainda reina no Brasil; não esqueçamos que em 1993 houve um plebiscito para escolher entre república e monarquia. A etiqueta social carioca dita que os convidados mais importantes cheguem por último, como o rei ou o imperador. A empregada negra, que venceu o concurso na novela, é apenas uma de um desfile constante de bobos da corte que "encantam o andar de cima" – assim descreveu o colunista Elio Gaspari tais personagens, mencionando o icônico gari carioca Renato Sorriso.

Mas o legado cultural da desigualdade socioeconômica no Brasil daria por si só um novo capítulo. Por isso, termino com um pensamento: um dos efeitos mais destrutivos de deixar de enxergar e ouvir aqueles que nos servem (parte de um quadro bastante maior de negligência) é a desconfiança.

Por que motivo, depois de décadas de relações sociais simbióticas, cujo verdadeiro nome é opressão, deveria o andar de baixo acreditar alguma vez que o andar de cima se preocupa com os seus interesses e necessidades? Por que razão o andar de cima deveria acreditar que aqueles que estão embaixo não são manipulados por terceiros ou motivados por queixas mesquinhas?

A desconfiança cria barreiras aparentemente intransponíveis, porque cada lado do conflito se recusa a acreditar na boa fé do outro. Isto foi bastante evidente durante várias greves no Rio de Janeiro, em 2013. Uma greve de professores – estatal e municipal – que durou meses, só terminou quando um negociador federal chegou para capitanear as negociações.

A desconfiança também leva à visão de uma sociedade binária cujos membros escolhem lados diferentes da barricada – como fez o meu motorista. De um lado está o povão e, do outro, o algoz do povão. E é por isso que tão poucas pessoas são capazes de vislumbrar o que é melhor para a nação como um todo.

Qual é a solução? Tem algo a ver com saber ouvir e enxergar, disso eu tenho certeza. Mas o processo é longo, acidentado e difícil. Eu, por exemplo, já desfrutei um churrasco na casa do meu motorista, assisti ao casamento da Maria e visitei-a na maternidade. Também já disse "Maria, você não quer salada?" e coloquei as folhas no seu prato enquanto nos servíamos na cozinha. Estive sentada com Maria à mesa da minha sala de jantar enquanto um colega jornalista a entrevistava sobre as manifestações de 2013.

Quando eu era criança, toda sexta-feira, com a minha mãe no cabeleireiro, Mrs. Burke cozinhava uma deliciosa massa com manteiga e queijo ralado. Era o dia feliz de beber vacas pretas por canudinhos prateados que tinham uma colher, em forma de coração, numa das pontas. Fazendo uma pausa para almoçar, a nossa *cleaning lady* sentava-se no lugar da minha mãe, comigo e a minha irmã à mesa – a mesma mesa em que a família fazia todas as suas refeições a menos que tivéssemos convidados.

Mas – e tenho vergonha de admiti-lo – cinquenta anos mais tarde ainda não compartilhei uma refeição, na mesa de jantar, com uma empregada que trabalhe em minha própria casa.

Tradução Hugo Gonçalves

# OS AUTORES

JENNY BARCHFIELD nasceu em Tucson, Arizona, e atualmente mora no Rio de Janeiro. Já foi correspondente para a agência de notícias "Associated Press" em Paris e no momento é correspondente para a "AP" no Rio.

PHILIPP LICHTERBECK nasceu em Frankfurt am Main e atualmente mora no Rio de Janeiro. Trabalha como repórter freelance há dez anos e no momento escreve, entre vários jornais e revistas, para os jornais "Der Tagesspiegel" (Berlim) e "Die Wochenzeitung" (Zurique).

JOÃO ALMEIDA MOREIRA nasceu em Lisboa e atualmente mora em Ribeirão Preto. É correspondente no Brasil do jornal desportivo "A Bola", do semanário "Expresso" e da "Rádio Renascença". É ainda colunista do jornal digital "Dinheiro Vivo", todos portugueses. Torce, moderadamente, pelo Vasco, pelo Palmeiras e pela Portuguesa.

LAMIA OUALALOU nasceu em Rabat (Marrocos) e atualmente mora no Rio de Janeiro. Já foi chefe do editorial da América Latina do "Le Figaro" em Paris, e escreve desde 2007 para vários meios de comunicação franceses: "Le Figaro", "Mediapart", "Le Monde Diplomatique", "Ouest-France", "Europe 1" (Paris) e para o site de informação brasileiro "Opera Mundi". É muito feliz por ter uma filha, Maya, nascida no Rio em 2010, e é uma verdadeira cidadã do mundo: brasileira, francesa, italiana e marroquina.

SANTIAGO ALBERTO FARRELL nasceu em Buenos Aires e trabalhou como correspondente da agência de notícias "ANSA" em Brasília, onde presidiu a Associação da Imprensa Estrangeira. Voltou ao seu país e atualmente é editor no jornal argentino "PERFIL".

VERÓNICA GOYZUETA nasceu em Lima e atualmente mora em São Paulo. Já foi correspondente no Brasil das agências de notícias "Notimex", "Dow Jones" e "Mergermarket" e editora da revista "AméricaEconomia". No momento escreve para o jornal espanhol "ABC". É Tubalier (sommelier de tubaínas) em um bar de São Paulo.

TOM PHILLIPS nasceu em Londres e atualmente mora em Xangai. Já foi correspondente do "Guardian" no Rio de Janeiro e no momento escreve para o "Daily Telegraph" (Xangai). No Brasil também produziu e dirigiu vários documentários entre eles "Dançando com Diabo" ("Dancing with the Devil"), um filme que estreou no Festival do Rio de 2009 e foi dirigido pelo cineasta, vencedor de Oscar, Jon Blair.

WALDHEIM GARCÍA MONTOYA nasceu em Medellin (Colômbia) e atualmente mora em São Paulo. Já foi correspondente da Agência de Notícias do Estado Mexicano "Notimex" (Bogotá, Colômbia / Santiago, Chile / São Paulo, Brasil) e no momento é correspondente--chefe da Agência Espanhola de Notícias, "EFE", em São Paulo.

HENRIK BRANDÃO JÖNSSON nasceu na Suécia e atualmente mora no Rio de Janeiro. Foi correspondente de "Sydsvenskan" (Malmo), "GP" (Gotemburgo) e "Politiken" (Copenhagen). Agora é correspondente na América Latina pelo "Dagens Nyheter" (Estocolmo), que é o maior e mais importante jornal na Suécia e na Escandinávia. Escreveu dois livros sobre o Brasil: "Fantasy Island: The Brave New Heart of Brasil" (Key Publishing House, Toronto) e "Jogo Bonito: Pelé, Neymar and Brazils Beautiful Game" (Random House, Londres). Tem uma banda de rock que se chama Bangü e que tem outros correspondentes como membros.

JULIA MICHAELS nasceu em Boston e atualmente mora no Rio de Janeiro. Já foi correspondente do "The Christian Science Monitor" e no momento escreve para o "RioRealblog". Autora do livro de memórias "Solteira no Rio de Janeiro, as aventuras de uma gringa cinquentona na Cidade Maravilhosa" (Língua Geral), sente-se casada com o Brasil, amando-o, conservando-o, tanto na enfermidade como na saúde, renunciando a todos os outros e conservando-se somente para ele, enquanto ambos viverem.

Este livro foi composto em papel Offset 120g pela Gráfica Santa Marta em outubro de 2014.